EDIÇÕES BESTBOLSO

À sombra do olmo

Um dos maiores nomes da literatura francesa nas duas primeiras décadas do século XX, Anatole France (1844-1924), cujo nome verdadeiro era Jacques Anatole François Thibault, sempre se opôs a todas as formas de opressão e defendia os direitos do homem, o livre exercício da crítica e a liberdade. O escritor tornou-se conhecido mundialmente por meio de seus textos refinados, de tom cético e sutil. Em 1921 foi agraciado com o Prêmio Nobel de Literatura. Anatole France recompõe toda a vida de um grande centro da província francesa nos quatro volumes da série História Contemporânea:

Volume 1: À sombra do olmo
Volume 2: O manequim de vime
Volume 3: O anel de ametista
Volume 4: Monsieur Bergeret em Paris

ANATOLE FRANCE

À sombra do olmo

Volume 1 da série *História Contemporânea*

Tradução de
JOÃO GUILHERME LINKE

EDIÇÕES
BestBolso

CIP-Brasil. Catalogação-na-fonte
Sindicato Nacional dos Editores de Livros, RJ.

France, Anatole, 1844-1924
F884s À sombra do olmo / Anatole France; tradução de João Guilherme Linke. – Rio de Janeiro: BestBolso, 2009.
(História contemporânea; v.1)

Tradução de: L'orme du mail
ISBN 978-85-7799-110-5

1. Romance francês. I. Linke, João Guilherme. II. Título. III. Série.

CDD – 843
CDU – 821.133.1-3

08-4761

À sombra do olmo, de autoria de Anatole France.
Título número 095 das Edições BestBolso.
Primeira edição impressa em janeiro de 2009.

Título original francês:
L'ORME DU MAIL

www.edicoesbestbolso.com.br

Design de capa: Luciana Gobbo com foto de Pierre Carriere-Belleuse intitulada "La Place Pigalle, Paris, 1880s" (Getty Images).

Impresso no Brasil

ISBN 978-85-7799-110-5

1

O salão onde o cardeal-arcebispo recebia as visitas fora revestido, no reinado de Luís XV, com lambris de madeira lavrada pintados de cinza-claro. Figuras femininas sentadas entre troféus ocupavam os ângulos das cornijas. Sobre a lareira, o espelho, em duas seções, era coberto em sua parte inferior por um cortinado de veludo carmesim, sobre o qual uma Nossa Senhora de Lourdes se erguia toda branca, com sua bela faixa azul. Ao longo das paredes, no centro dos painéis, pendiam placas esmaltadas em molduras de pelúcia groselha, retratos impressos em cores dos papas Pio IX e Leão XIII, e trabalhos bordados, presentes de Roma ou donativos de damas piedosas moradoras da diocese. Modelos em gesso de igrejas góticas ou romanas cobriam os consolos dourados: o cardeal-arcebispo gostava de edificações. Da rosácea barroca pendia um lustre merovíngio executado conforme os desenhos de monsenhor Quatrebarbe, arquiteto diocesano, cavaleiro da Ordem de São Gregório.

Sua Eminência, arregaçando a batina sobre as meias vermelhas e aquecendo ao fogo as pernas curtas e robustas, ditava uma pastoral, ao passo que, sentado à grande mesa de cobre e tartaruga encimada por um crucifixo de marfim, monsenhor de Goulet, vigário-geral, escrevia: "A fim de que nada venha ferir em nossas almas as alegrias do Carmelo..."

O cardeal ditava em voz neutra, sem emoção. Era um homem extremamente baixo, sustentando ereta a grande cabeça e a face quadrada, que a idade abrandara. A fisionomia, de traços vulgares e grosseiros, expressava astúcia e uma espécie de dignidade feita do hábito e do amor ao comando.

– "As alegrias do Carmelo..." Aqui o senhor desenvolverá as idéias de concórdia, de pacificação dos espíritos, de submissão, se necessário, aos poderes estabelecidos, que eu já expressei em minhas recomendações precedentes.

Monsenhor de Goulet ergueu o rosto comprido, pálido e fino que os seus belos cabelos encaracolados enfeitavam como uma peruca à Luís XIV.

– Mas – disse ele – não será conveniente desta vez, ao renovar essas declarações, observar a reserva que cabe à situação dos poderes civis, abalados por crises internas e incapazes doravante de prestar às suas alianças aquilo que lhes falta, isto é, continuidade e duração? Pois Vossa Eminência não ignora que o declínio do parlamentarismo...

O cardeal-arcebispo sacudiu a cabeça.

– Sem reservas, monsenhor de Goulet, sem reservas de qualquer espécie. O senhor, monsenhor de Goulet, é rico em sapiência e devoção, mas este seu velho pastor ainda é capaz de dar-lhe algumas lições de prudência antes de ser levado pela morte, o que legará à sua energia jovem o governo da diocese. Então não merece nossos louvores o senhor prefeito Worms-Clavelin, que encara com favor nossas escolas e nossas obras? Não receberemos amanhã à nossa mesa o general da divisão e o senhor presidente? A propósito, mostre-me o cardápio.

O cardeal-arcebispo o examinou, emendou, aumentou, e fez a recomendação expressa de que fossem encomendadas as carnes a Rivoire, o larápio da prefeitura.

Um criado veio trazer-lhe um cartão numa bandeja de prata.

Tendo lido no cartão o nome do abade Lantaigne, superior do seminário, o cardeal voltou-se para seu vigário-geral:

– Aposto – disse – que monsenhor Lantaigne vem mais uma vez fazer-me queixas de monsenhor Guitrel.

O abade de Goulet levantou-se para deixar a sala. Mas o cardeal o reteve.

– Fique! Quero que o senhor partilhe comigo o prazer de ouvir monsenhor Lantaigne, que é considerado, como sabe, o melhor orador da diocese. Pois, pelo que se ouve na voz do povo, ele pregaria melhor que o senhor, caro monsenhor de Goulet. Mas não é este o meu parecer. Cá entre nós, não admiro sua palavra empolada nem seu saber confuso. Ele é terrivelmente enfadonho, e eu lhe peço que fique para que me ajude a despachá-lo o mais depressa possível.

Um sacerdote de estatura elevada e vasta corpulência, grave, muito simples, de olhar introspectivo, entrou na sala e cumprimentou.

Vendo-o, o cardeal exclamou alegremente:

– Ah! Bom dia, senhor abade Lantaigne. No exato instante em que o senhor se fez anunciar, o senhor vigário-geral e eu falávamos a seu respeito. Dizíamos que o senhor é o mais eminente orador da diocese, e que os seus sermões quaresmais, pregados em Saint-Exupère, dão testemunho do seu grande talento e da sua ampla erudição.

O abade Lantaigne ruborizou-se. Era sensível ao louvor, sendo a porta do orgulho a única pela qual o Inimigo poderia penetrar-lhe na alma.

– Monsenhor – respondeu, o semblante iluminado por um sorriso que logo se apagou –, a aprovação de Vossa Eminência causa-me imensa alegria, que vem afortunadamente amenizar o início de uma conversação para mim penosa. Trata-se de uma queixa que o superior do seminário tem o pesar de trazer aos vossos ouvidos paternais.

O cardeal o interrompeu.

– Diga-me, monsenhor Lantaigne, esse sermão de Saint-Exupère foi impresso?

– Foi analisado na *Semaine Religieuse* da diocese. Sinto-me tocado, monsenhor, pelas mostras de interesse que Vossa Eminência se digna conceder aos meus trabalhos apostólicos. Ai de mim! Já faz longo tempo que subo ao púlpito evangélico. Em 1880, eu dava a monsenhor Roquette, posteriormente elevado ao episcopado, os meus sermões, quando os tinha em excesso.

– Ah! – exclamou o cardeal, sorrindo. – O bom monsenhor Roquette! Quando fui no ano passado *ad limina apostolorum*, encontrei pela primeira vez monsenhor Roquette que, cheio de júbilo, chegava ao Vaticano. Voltei a vê-lo oito dias depois na Basílica de São Pedro, onde ele buscava as consolações de que necessitava após saber que lhe fora recusado o chapéu.

– E por que – perguntou monsenhor Lantaigne em uma voz que silvava como um chicote – haveria de depor-se a púrpura sobre os ombros desse pobre homem, medíocre pelos costumes, nulo pela doutrina, ridículo pela grosseria do espírito e recomendável apenas por ter comido vitela com o senhor presidente da República em um banquete de franco-maçons? Monsenhor Roquette, se pudesse alçar-se acima de si próprio, ficaria maravilhado de ser bispo. Nestes tempos de provação, em face de um futuro mesclado de doces promessas e de terríveis ameaças, conviria constituir um clero poderoso pelo caráter e pelo saber. E é precisamente, monsenhor, de um sacerdote incapaz de suportar o peso dos seus magnos deveres, de um outro Roquette, que eu venho falar a Vossa Eminência. O professor de oratória no nosso seminário, o senhor abade Guitrel...

O cardeal interrompeu com fingida distração e perguntou rindo se o senhor abade Guitrel estava em vias de tornar-se bispo.

– Que idéia, monsenhor! – bradou o abade Lantaigne. – Se esse homem se elevasse porventura ao episcopado, retornaríamos aos dias de Cautinus, quando um pontífice indigno conspurcou o púlpito de São Martinho.

O cardeal-arcebispo, recurvado em sua cadeira, falou com bonomia:

– Cautinus. – Era a primeira vez que ouvia pronunciar esse nome. – O bispo Cautinus, que ocupou a sé de São Martinho. O senhor está certo de que esse Cautinus tenha tido uma conduta tão má quanto se prega? É um ponto interessante da história eclesiástica das Gálias sobre o qual eu estaria curioso em saber a opinião de um homem douto como o senhor, monsenhor Lantaigne.

O superior do seminário endireitou-se na cadeira.

– Monsenhor, o testemunho de Gregório de Tours é formal no que se refere ao bispo Cautinus. Esse sucessor do bem-aventurado Martinho ostentou tamanho luxo e dilapidou de tal modo os tesouros da basílica que ao fim de dois anos da sua administração todos os vasos sagrados estavam nas mãos dos judeus de Tours. E se eu associei o nome de Cautinus ao do infeliz monsenhor Guitrel, não foi sem razão. Monsenhor Guitrel arrebanha os objetos de arte, as peças de marcenaria, os vasos artisticamente cinzelados que se encontram ainda nas igrejas do interior, sob a guarda de tesoureiros ignorantes, e é em proveito dos judeus que ele se entrega a essa rapinagem.

– Em proveito dos judeus? – inquiriu o cardeal. – O que está me dizendo?

– Em proveito dos judeus – repetiu o abade Lantaigne – e para enriquecer os salões do senhor prefeito Worms-Clavelin, israelita e franco-maçom. Madame Worms-Clavelin é colecionadora de antiguidades. Por intermédio de monsenhor Guitrel, ela adquiriu pluviais* conservados por

---

*Pluvial ou capa de asperges – Paramento litúrgico usado durante bênçãos, aspersões com água benta e outros ofícios solenes. *(N. do E.)*

três séculos na sacristia da igreja de Lusancy, e com eles fez assentos, disseram-me, do tipo a que chamam pufes.

O cardeal balançou a cabeça.

– Pufes! Mas se a alienação desses ornatos em desuso foi regularmente conduzida, não me parece que o bispo Cautinus... digo, que monsenhor Guitrel cometa delito tomando parte em uma operação legítima. Não há por que venerar como relíquias de santos esses pluviais dos piedosos curas de Lusancy. Não é sacrilégio vender suas velhas vestimentas para que delas se façam pufes.

Monsenhor de Goulet, que desde alguns minutos mordiscava sua pena, não pôde conter um resmungo. Deplorava que as igrejas fossem assim despojadas, por infiéis, dos seus tesouros artísticos. O superior do seminário prosseguiu com firmeza:

– Deixemos, se vos apraz, monsenhor, o tráfico a que se dedica o amigo do prefeito israelita Worms-Clavelin, e consenti que eu articule contra o professor de oratória do seminário agravos que são mais que precisamente definidos. Faço-lhe duas imputações principais. Acuso, *primo*, sua doutrina; *secundo*, seus costumes. Digo que acuso *primo* sua doutrina por quatro motivos: *primo*...

O cardeal-arcebispo estendeu os dois braços, como se para proteger-se de tantos parágrafos.

– Monsenhor Lantaigne, faz algum tempo que vejo o senhor vigário-geral a mastigar sua pena e a fazer-me sinais desesperados para lembrar-me de que nosso impressor aguarda nossa pastoral, que deve ser lida domingo nas igrejas da nossa diocese. Permita que eu acabe de ditar essa circular, a qual, espero, levará alguma consolação aos nossos sacerdotes e aos nossos fiéis.

O abade Lantaigne saudou e retirou-se muito triste. Após sua partida, o cardeal-arcebispo voltou-se para monsenhor de Goulet:

– Eu não sabia – disse – que monsenhor de Guitrel é tão amigo do prefeito. E sou grato ao senhor superior do seminário por haver-me advertido disso. Monsenhor Lantaigne é a sinceridade em pessoa; admiro sua franqueza e sua retidão. Com ele, sabe-se a quantas se anda...

Em seguida corrigiu-se:

– ... ou a quantas se andaria.

2

O abade Lantaigne, superior do seminário, trabalhava em seu gabinete, cujas paredes caiadas eram recobertas até três quartos da altura por prateleiras de pinho cobertas com as encadernações foscas dos livros de trabalho, toda a *Patrologia* de Migne, e edições econômicas de Santo Tomás de Aquino, Baronius e Bossuet. Uma virgem no estilo de Mignard coroava a porta, com um empoeirado ramo de buxo saindo do velho caixilho dourado. Cadeiras de crina pouco convidativas distribuíam-se diante das janelas por onde o cheiro rançoso do refeitório vinha impregnar as cortinas de algodão.

Curvado sobre sua pequena escrivaninha de nogueira, o superior folheava os registros que lhe apresentava o abade Perruque, prefeito de disciplina, de pé ao seu lado.

– Vejo – disse monsenhor Lantaigne – que mais uma vez esta semana foi descoberto, no quarto de um aluno, um sortimento de guloseimas. Tais infrações vêm-se repetindo com demasiada freqüência.

Com efeito, os seminaristas tinham por hábito esconder tabletes de chocolate entre seus livros de estudo. Era o que chamavam a teologia Menier. À noite, reuniam-se em grupos de dois ou três em um dos quartos para saboreá-las.

Monsenhor Lantaigne solicitou que o prefeito de disciplina usasse de severidade sem contemplações.

– É uma infração perigosa, na medida em que poderá envolver faltas mais graves.

Pediu os registros da classe de oratória. Mas quando monsenhor Perruque os exibiu, desviou deles o olhar. A idéia de que a eloqüência sacra fosse ensinada por aquele Guitrel sem moral e sem doutrina lhe revirava o estômago. Deixou escapar um suspiro.

– Quando se abrirão os olhos do cardeal-arcebispo, para que ele possa enxergar a indignidade desse padre?

Depois, afastando essa reflexão amarga para lançar-se à amargura de um novo pensamento, perguntou:

– E Piédagnel?

Havia dois anos que Firmin Piédagnel provocava no superior do seminário incessantes inquietações. Filho único de um sapateiro que tinha sua tenda entre dois contrafortes de Saint-Exupère, ele era, pelo fulgor de sua inteligência, o aluno mais brilhante da casa. De índole cordata, era tido em excelente conta pela sua conduta. A timidez de seu caráter e a fragilidade de sua compleição pareciam garantir-lhe a pureza dos costumes. Mas não possuía nem o espírito teológico nem a vocação do sacerdócio. Mesmo sua fé era incerta. A monsenhor Lantaigne, grande conhecedor de almas, não causavam maiores preocupações, entre os jovens levitas, aquelas crises violentas, por vezes salutares, que a graça apazigua. Assustavam-no, ao contrário, os langores de um espírito tranqüilamente indócil. Quase se desesperava diante de uma alma a que a dúvida era tolerável e leve, e cujos pensamentos tendiam à irreligiosidade por uma inclinação natural. Assim se revelava o engenhoso filho do artesão. Um dia, de surpresa, por um daqueles rasgos inesperados de astúcia que lhe eram habituais, monsenhor Lantaigne descobriu o fundo daquela natureza dissimulada pela polidez. Percebeu, com horror, que Firmin não absorvera dos ensinamentos do seminário senão os refinamentos de latinidade, a habilidade para os sofismas, e uma espécie de misticismo sentimental. Firmin pareceu-lhe, desde então, uma criatura fraca e perigosa, um infeliz e um perverso. No entanto, gostava do rapaz, queria-lhe com ternura, com fraqueza. Por mais que ele o exasperasse, aprazia-lhe ser ele o ornamento, a graça do seminário. Amava em Firmin os encantos do espírito, a graça refinada da linguagem e até a suavidade daqueles olhos pálidos de míope, como que machucados sob as pálpebras pestanejantes. Comprazia-se por vezes em ver nele uma vítima daquele abade Guitrel cuja pobreza intelectual e moral devia (era sua firme convicção) ofender e deprimir um aluno inteligente e perspicaz. Tentava persuadir-se de que, melhor conduzido no futuro, Firmin, fraco demais para dar à Igreja um dia um desses chefes enérgicos de que ela tanto necessitava, quando menos renderia à religião, quem sabe, um Péreyve ou um Gerbet, um desses padres que põem no sacerdócio um coração de jovem mãe. Mas, incapaz de iludir-se por muito tempo, monsenhor Lantaigne logo abandonava essa esperança por demais fugaz, vendo no jovem antes um Guéroult, um Renan. E um suor de angústia lhe gelava a fronte. Seu pavor era, ao educar discípulos assim, o de formar, na verdade, inimigos temíveis.

Sabia ele que no próprio templo foram forjados os malhos que abalaram o templo. Com freqüência repetia: "Tal é a força da disciplina teológica, que só ela é capaz de produzir grandes ímpios; um incrédulo que não tenha passado pelas nossas mãos não tem forças nem armas para o mal.

É entre os nossos muros que se recebe toda a ciência, mesmo a da blasfêmia." Do comum dos alunos não exigia mais que diligência e probidade, certo de fazer deles bons clérigos. Dos espíritos de elite receava a curiosidade, o orgulho, a ousadia perversa da mente, e até as virtudes que foram a perdição dos anjos.

– Monsenhor Perruque – disse bruscamente –, vejamos as notas de Piédagnel.

O prefeito de disciplina, molhando o polegar com a língua, folheou o registro, depois sublinhou com o grosso indicador orlado de negro as linhas traçadas à margem do caderno:

> O senhor Piédagnel manifesta conceitos levianos.
> O senhor Piédagnel é propenso à melancolia.
> O senhor Piédagnel se recusa a qualquer exercício físico.

O diretor leu e assentiu com um movimento de cabeça. Virou a folha e continuou:

> O senhor Piédagnel fez uma redação ruim sobre a unidade da fé.

Então, o abade Lantaigne explodiu:

– A unidade, eis o que ele jamais poderá conceber! E no entanto é a principal idéia que o sacerdote deve assimilar, antes de todas as outras. Pois não receio afirmar que essa idéia é toda de Deus, e, por assim dizer, a mais forte expressão nos homens.

Voltou para o abade Perruque seus olhos fundos e soturnos:

– Este assunto da unidade da fé, monsenhor Perruque, é minha pedra de toque para testar os espíritos. As inteligências mais simples, se não lhes falta a retidão, tiram da idéia da unidade conseqüências lógicas; e os mais aptos fazem brotar desse princípio uma admirável filosofia. Por três vezes, monsenhor Perruque, tratei no púlpito da unidade da fé, e a riqueza da matéria ainda me confunde.

Retomou a leitura:

> O senhor Piédagnel compôs um caderno, que foi encontrado em sua carteira, que contém, escritos de seu próprio punho, extratos de diversas poesias eróticas compostas por Leconte de Lisle e Paul Verlaine, bem como por vários outros autores livres, e a escolha dos textos revela extrema libertinagem do espírito e dos sentidos.

Ele fechou o registro e o afastou bruscamente.

– O que falta hoje em dia – suspirou – não é o saber nem a inteligência: é o espírito teológico.

– Monsenhor – disse o abade Perruque –, o senhor ecônomo manda perguntar se o senhor abade pode recebê-lo sem demora. O contrato com Lafolie para o fornecimento de carne expira no dia 15 deste mês, e aguarda-se sua decisão antes de renovar esse acordo que não dá à casa motivo para louvar-se. Pois o senhor abade não terá deixado de notar a má qualidade da carne fornecida pelo açougueiro Lafolie.

– Faça entrar o senhor ecônomo – disse monsenhor Lantaigne.

E, ao ficar só, apoiou a cabeça nas mãos e suspirou.

– *O quando finieris et quando cessabis, universa vanitas mundi?* Longe de vós, meu Deus, não somos mais que sombras errantes. Não há pior crime que os que se cometem contra a unidade da fé. Dignai-vos reconduzir o mundo a essa unidade bendita!

Quando, após o almoço servido ao meio-dia, à hora do recreio, o superior atravessou o pátio, os seminaristas jogavam bola. Havia na área ensaibrada uma grande agitação de rostos afogueados, cabeças erguidas como negros cabos de faca, gestos duros de polichinelo, gritos e chamamentos em todos os dialetos rurais da diocese. O abade Perruque, prefeito de disciplina, com a batina arregaçada, juntava-se ao jogo com o ardor de um camponês recluso, inebriado de ar e movimento, e arremessava como um atleta, com o bico do seu sapato de fivela, a enorme bola revestida de gomos de couro. À chegada do superior, os jogadores se detiveram. Monsenhor Lantaigne fez-lhes sinal que continuassem, e seguiu pela aléia de acácias ressequidas que se estendia pelo pátio do lado das muralhas e dos campos. A meio caminho, encontrou três estudantes que, de braços dados, iam e vinham a conversar. Por passarem assim habitualmente as horas de recreio, chamavam-lhes os peripatéticos. Monsenhor Lantaigne chamou um deles, o menor, um adolescente pálido, um pouco curvado, de lábios finos e zombeteiros e olhos tímidos. Este não ouviu a princípio, e o seu vizinho teve de cutucá-lo e dizer-lhe:

– Piédagnel, o senhor superior o chama.

Então Piédagnel aproximou-se do abade Lantaigne e o saudou com um embaraço quase gracioso.

– Meu filho – disse-lhe o superior –, gostaria que me ajudasse em minha missa amanhã.

O jovem enrubesceu. Era uma honra invejada ajudar a missa do senhor superior.

Com o breviário debaixo do braço, o abade Lantaigne transpôs a pequena porta que dava para os campos e seguiu o curso habitual dos seus passeios, um caminho poeirento margeado de cardos e urtigas ao longo das muralhas.

Ele refletia:

"Que será desse pobre rapaz, se de repente se vir posto para fora, incapaz de qualquer trabalho manual, delicado, frágil e tímido? E que desgosto haveria na casa de seu pai enfermo!"

Caminhava sobre os pedregulhos da trilha árida. Chegando à cruz da missão, tirou o chapéu, enxugou com o lenço o suor da testa e disse em voz baixa:

– Meu Deus, inspirai-me a proceder segundo os vossos desígnios, não importa o que possa custar ao meu coração paternal!

Na manhã seguinte, às seis e meia, o abade Lantaigne acabava de celebrar sua missa na capela nua e solitária. Só, diante de um altar lateral, um velho sacristão dispunha flores de papel em vasos de porcelana, ao pé da imagem dourada de São José. Uma claridade cinzenta escorria tristemente com a chuva ao longo dos vitrais embaçados. O celebrante, de pé à esquerda do altar-mor, lia o último evangelho.

– *Et Verbum caro factum est* – disse, ajoelhando-se.

Firmin Piédagnel, que ajudava na missa, ajoelhou-se ao mesmo tempo sobre o degrau onde se encontrava a campainha, levantou-se e, após os últimos responsos, dirigiu-se à frente do padre à sacristia. O abade Lantaigne pousou o cálice e esperou que o acólito o auxiliasse a tirar os paramentos sacerdotais. Firmin Piédagnel, sensível às influências misteriosas das coisas, experimentava o encantamento daquela cena, tão simples e, no entanto, tão sagrada. Sua alma, penetrada de uma unção enternecedora, saboreava com uma espécie de alegria a grandiosidade familiar ao sacerdócio. Jamais sentira de modo tão profundo o desejo de ser padre e de celebrar por sua vez o santo sacrifício. Tendo beijado e dobrado cuidadosamente a alva e a casula, inclinou-se ante o abade Lantaigne antes de se retirar. O superior do seminário, que vestia sua sobrecasaca, fez-lhe sinal que ficasse, e o encarou com tanta nobreza e doçura que o adolescente recebeu aquele olhar como uma mercê e uma bênção. Houve um longo silêncio.

– Meu filho – disse monsenhor Lantaigne. – Ao celebrar esta missa, que eu lhe pedi para ajudar, supliquei a Deus que me desse forças para dispensá-lo. Minha prece foi atendida. O senhor não mais faz parte desta casa.

Ouvindo estas palavras, Firmin ficou estupefato. O assoalho pareceu faltar-lhe sob os pés. Com os olhos arrasados de lágrimas, viu a estrada deserta, a chuva, uma vida negra de miséria e de trabalho, um destino de criança perdida, o terror de sua fraqueza e de sua timidez. Fitou monsenhor Lantaigne. A doçura obstinada, a tranqüilidade firme, a quietude daquele homem o revoltaram. Súbito, um sentimento nasceu e cresceu nele, amparou-o e o fortaleceu, o ódio pelo padre, um ódio imortal e fecundo, um ódio que lhe encheria a vida inteira. Sem pronunciar palavra, saiu da sacristia a passos largos.

3

O abade Lantaigne, superior do seminário de..., escreveu a Sua Eminência o cardeal-arcebispo de... a seguinte carta:

Monsenhor,

Quando, em 17 deste mês, eu tive a honra de ser recebido por Vossa Eminência, receei abusar de vossa paternal bondade e de vossa mansuetude pastoral ao expor-vos com suficiente amplitude a questão que me propunha tratar. Mas como esta diz respeito à vossa alta e santa jurisdição e interessa ao governo desta diocese, que figura entre as mais antigas e mais belas províncias da Gália cristã, reputo um dever submeter à eqüidade vigilante de Vossa Eminência os fatos que sois invocado a julgar na plenitude de vossa autoridade e na abundância de vossas luzes.

Ao levar tais fatos ao conhecimento de Vossa Eminência, cumpro um dever que qualificaria de penoso ao meu coração, não soubesse eu que o cumprimento de todo dever proporciona à alma uma fonte inesgotável de consolações, e que não é bastante obedecer a Deus se não se obedece com pronto júbilo.

Os fatos que importa fazer-vos conhecer, monsenhor, são relativos ao senhor abade Guitrel, professor de oratória no nosso seminário. Enunciá-los-ei tão breve e exatamente quanto possível.

Esses fatos se referem:

1º À doutrina;

2º Aos costumes do senhor abade Guitrel.

Enunciarei primeiramente os fatos relativos à doutrina de monsenhor Guitrel.

Lendo as apostilas pelas quais ele ministra seu curso de eloqüência sacra, nelas assinalei diversas opiniões que não se conformam à tradição da Igreja.

1º Monsenhor Guitrel, enquanto condena em suas conclusões os comentários às Santas Escrituras feitos pelos incréus e pretensos reformados, não os condena em seu princípio e origem, no que erra grandemente. Pois é evidente que, tendo sido a guarda das Escrituras confiada à Igreja, somente a Igreja é capaz de interpretar os livros que somente ela conserva.

2º Seduzido pelo exemplo recente de um religioso que buscou os aplausos do século, monsenhor Guitrel pretende explicar as cenas do Evangelho por meio da pretensa cor local e da falsa psicologia de que os alemães fizeram grande alarde; sem aperceber-se de que, seguindo assim a trilha dos ímpios, costeia o precipício em que aqueles se lançaram. Eu fatigaria a atenção caridosa de Sua Eminência o cardeal-arcebispo se submetesse aos seus olhos veneráveis as passagens em que monsenhor Guitrel estuda com puerilidade deplorável, segundo os relatos dos viajantes, "os barcos do Lago de Tiberíades", e aquelas em que descreve com intolerável indecência o que ele chama "os estados d'alma" e "as crises psíquicas" de Nosso Senhor Jesus Cristo.

Essas tolas novidades, censuráveis em um mundano comum, não poderiam ser toleradas em um secular encarregado de instruir jovens levitas. Assim é que mais me causou aflição que surpresa inteirar-me de que um discípulo inteligente, que mais tarde fui obrigado a dispensar por seu espírito nocivo, qualificava o senhor professor de oratória como um padre "fim-de-século".

3º Monsenhor Guitrel demonstra uma complacência censurável ao apoiar-se na autoridade vacilante de Clemente de Alexandria, que não é inscrito no martirológio. No que o professor de eloqüência trai a fraqueza do seu espírito, seduzido pelo exemplo dos pretensos espiritualistas, que acreditam encontrar nos stromatos *uma interpretação exclusivamente alegórica dos mistérios mais sólidos da fé cristã. E, sem errar positivamente, monsenhor Guitrel mostra-se, nessa questão, inconseqüente e frívolo.*

4º E, como a depravação do gosto é uma das conseqüências da fragilidade doutrinária, e um espírito ao qual repugnam os alimentos fortes busca sustento em repastos leves, monsenhor Guitrel vai procurar, para oferecer aos seus alunos, modelos de eloqüência até nas conferências de monsenhor Lacordaire e nas homilias de monsenhor Gratry.

Enunciarei em seguida os fatos relativos aos costumes de monsenhor Guitrel:

1º O senhor abade Guitrel freqüenta a casa do senhor prefeito Worms-Clavelin em segredo e com assiduidade, no que se distancia da reserva que um eclesiástico de graduação inferior deve sempre se impor no âmbito dos poderes públicos, reserva essa de que não há razões para furtar-se nas circunstâncias presentes, tanto mais diante de um funcionário israelita. E, pelo cuidado que toma de não entrar na prefeitura senão por uma porta secreta, monsenhor Guitrel parece dar-se ele mesmo conta da falsidade de uma situação que não obstante ele prolonga.

É, por sinal, notório que monsenhor Guitrel exerce junto a madame Worms-Clavelin um ofício mais mercantil que religioso. Essa dama coleciona antiguidades, e, ainda que israelita, não desdenha quaisquer objetos pertencentes ao culto, sempre que neles se encontrem os méritos da arte ou do tempo. Está lamentavelmente provado que monsenhor Guitrel se empenha em obter para madame Worms-Clavelin, por um preço irrisório, o mobiliário antigo dos párocos de aldeia, abandonado à guarda de vigias ignorantes. Assim é que alfaias, ornamentos sacerdotais, cálices e cibórios são arrebatados às sacristias de vossas igrejas rurais, monsenhor, para irem ornar na prefeitura os aposentos particulares do senhor e da madame Worms-Clavelin. E é de todos sabido que madame Worms-Clavelin guarneceu com as magníficas e veneráveis capas de asperges de Saint-Porchaire essa espécie de móveis vulgarmente chamados pufes. Não afirmo que monsenhor Guitrel haja tirado qualquer vantagem material e direta de tais transações; mas basta, monsenhor, para afligir o vosso coração paternal que um padre da diocese tenha contribuído para espoliar as vossas igrejas dessas riquezas que atestam, mesmo aos olhos dos incréus, a superioridade da arte cristã sobre a arte profana.

2º O senhor abade Guitrel permite, sem censura ou protesto, que se alastrem e avolumem os rumores de que sua elevação ao bispado vacante de Tourcoing é desejada pelo senhor ministro da Justiça e dos Cultos, presidente do Conselho. Ora, tais rumores são ofensivos ao ministro, que, embora livre-

pensador e franco-maçom, deve ser bastante cioso dos interesses da Igreja da qual se constituiu em defensor civil para colocar na sé do bem-aventurado Loup um padre como monsenhor Guitrel. E quando se remonta à origem dessa cabala, teme-se descobrir no próprio monsenhor Guitrel o primeiro e principal maquinador.

3º Tendo um dia ocupado suas horas de lazer em traduzir em versos franceses as Bucólicas *do poeta latino Calpurnius, que os melhores entendidos concordam em reduzir à categoria dos mais insossos declamadores, o senhor abade Guitrel, com negligência, quero crer, de todo involuntária, permitiu que fosse editada clandestinamente aquela obra de sua juventude. Um exemplar das* Bucólicas *foi enviado ao jornal radical e livre-pensador,* Le Phare, *que dele publicou excertos em que figura este verso que eu coro de pôr diante dos olhos paternais de Vossa Eminência:*

*Notre ciel à nous, c'est un sein chéri**

Esta citação era acompanhada no Le Phare *de comentários os mais indecorosos – tanto para o caráter privado como para o gosto literário – a respeito do senhor abade Guitrel. E o redator, cujo espírito maldoso é bem conhecido de Vossa Eminência, valeu-se desse verso infeliz para acusar de pensamentos libidinosos e de intenções desonestas todos os professores do seminário, e mesmo todos as padres da diocese. Eis por que, sem investigar se monsenhor Guitrel teria como humanista quaisquer razões para traduzir Calpurnius, eu deploro a divulgação de sua obra, como causa de um escândalo que, estou certo, foi para o vosso coração caritativo, monsenhor, mais amargo que o fel e o absinto.*

---

 *Para nós o céu é como um seio amado.

4º Monsenhor Guitrel tem por costume dirigir-se todos as dias, às cinco horas da tarde, ao estabelecimento da senhora Magloire, confeiteira, na Place Saint-Exupère. E lá, debruçado sobre os bufês, sobre os consoles, sobre as mesas, examina com interesse profundo e laboriosa assiduidade as gulodices dispostas nos pratos e travessas. Depois, parando no lugar onde são preparados aqueles doces que dizem chamar-se bombas e babás, *toca com a ponta do dedo uma dessas confecções, depois outra, e manda embrulhar essas perfumarias de boca em uma folha de papel. Longe de mim acusá-lo de sensualidade por essa escolha meticulosa e ridícula de alguns cremes ou pastéis açucarados. Mas quando se considera que ele comparece à casa da senhora Magloire à mesma hora em que as pessoas elegantes dos dois sexos afluem ao local, e que se expõe ao riso das gentes mundanas, dever-se-á indagar se o professor de oratória do seminário não deixará na pastelaria alguma parcela da sua dignidade. Com efeito, a escolha de dois doces não escapou à atenção de observadores malévolos, e diz-se, com ou sem razão, que monsenhor Guitrel guarda um para si e oferta o outro à sua criada. Sem dúvida ele pode, sem incorrer qualquer censura, partilhar guloseimas com a pessoa empregada em seu serviço, sobretudo se a dita pessoa atingiu a idade canônica. Mas a maledicência pública interpreta tais intimidades e familiaridades no sentido mais deplorável, e eu jamais ousaria reproduzir aos ouvidos de Vossa Eminência os boatos que correm na cidade sobre as relações entre monsenhor Guitrel e sua criada. Não tenciono acolher essas acusações. Todavia, Vossa Eminência observará que monsenhor Guitrel não é isento da culpa de ter dado à calúnia, por sua má conduta, uma aparência de verdade. Eu expus os fatos. Não me resta mais que concluir.*

Tenho a honra de propor a Vossa Eminência destituir monsenhor Guitrel (Joachim) de suas funções de professor de oratória sacra no seminário de..., em conformidade com os vossos poderes espirituais reconhecidos pelo Estado (decreto de 17 de março de 1808).

Dignai-vos, monsenhor, guardar a vossa bondade paternal para com aquele que, encarregado da direção do vosso seminário, nada mais deseja que vos dar provas do seu inteiro devotamento e do profundo respeito com o qual tem a honra de ser.

De Vossa Eminência, o mais humilde e muito obediente servidor,

MONSENHOR LANTAIGNE

Tendo escrito esta carta, monsenhor Lantaigne selou-a com seu sinete.

4

Era verdade que o abade Guitrel, professor de oratória sacra no seminário de..., mantinha relações estreitas com o prefeito Worms-Clavelin e com madame Worms-Clavelin, nascida Coblentz. Mas o abade Lantaigne enganava-se ao supor que monsenhor Guitrel freqüentasse os salões da prefeitura, onde sua presença havia inquietado igualmente o arcebispo e as lojas maçônicas: o prefeito era mestre maçom da loja Sol Nascente. Fora na confeitaria de madam e Magloire, estabelecida à Place Saint-Exupère – aonde, todos os dias, às cinco horas, ia comprar dois pequenos doces, um para sua criada e outro para si –, que o padre havia encontrado a prefeita que ali comia babás*

*Bolo de massa muito leve embebido em calda com rum ou licor. (*N. do E.*)

em companhia de madame Lacarelle, mulher do conselheiro da prefeitura.

Por suas maneiras, ao mesmo tempo, obsequiosas e discretas, que deixavam tudo esperar sem nada dar a temer, o professor de oratória sacra havia agradado de pronto madame Worms-Clavelin, que nele reencontrava a alma, a figura e quase o sexo daquelas vendedoras de roupas, amigas tutelares de sua juventude nos dias difíceis de Batignolles e da Place Clichy, quando Noémie Coblentz começava a se fanar no escritório mantido por seu pai Isaac, em meio a penhoras e batidas da polícia. Uma dessas revendedoras, madame Vacherie, que gostava dela, servira de intermediária entre ela e um jovem licenciado em Direito, ativo e de futuro, senhor Théodore Worms-Clavelin, que, tendo-a achado séria e útil aos seus propósitos, a desposara após o nascimento de sua filha Jeanne, e a quem ela, em troca, habilmente empurrara para a administração. O abade Guitrel parecia-se muito com madame Vacherie. O mesmo olhar, a mesma voz, os mesmos gestos. Essa semelhança de bom agouro inspirou em madame Worms-Clavelin uma simpatia imediata. Ademais, ela sempre considerara o clero católico como uma das potências deste mundo. Ela, então, se fez, junto ao marido, a protetora de monsenhor Guitrel. O senhor Worms-Clavelin, que reconhecia na mulher uma virtude que para ele permanecia misteriosa e profunda – o tato –, e que a sabia sagaz, mostrou-se cortês com o abade Guitrel no primeiro dia em que o encontrou na loja do ourives da Rue des Tintelleries, Rondonneau Júnior.

Ele fora lá ver modelos de taças encomendadas pela prefeitura para serem dadas como prêmio em corridas organizadas pela Sociedade de Fomento de Raças Eqüinas. Desde então, voltava com freqüência à ourivesaria, atraído por um gosto inato dos metais preciosos. Por seu lado, o abade Guitrel tinha o costume de visitar os mostruários de Rondonneau Júnior, fabricante de objetos sacros: candelabros, lâmpadas, cibórios, cálices, pátenas, ostensórios, custódias, tabernáculos. O prefeito e o padre encontravam-se sem desagrado nas salas do primeiro andar, ao abrigo dos curiosos, ante o balcão atulhado de lingotes ou entre os vasos e estatuetas que o senhor Worms-Clavelin chamava de bugiarias piedosas. Refestelado na única poltrona de Rondonneau Júnior, o senhor Worms-Clavelin dirigia um pequeno aceno de mão ao monsenhor Guitrel que, negro e corpulento, se esgueirava como um grande rato ao longo das vitrines.

– Bom dia, senhor abade. Encantado em vê-lo!

E era verdade. Ele sentia vagamente que, perto daquele eclesiástico de origem campônia, tão francês pelo caráter sacerdotal e pelo tipo quanto as pedras enegrecidas de Saint-Exupère e as velhas árvores da Alameda, ele próprio se afrancesava, se naturalizava, despojava-se dos restos incômodos da sua Alemanha e da sua Ásia. A intimidade com um padre envaidecia o funcionário israelita. Nela ele gozava, sem se dar conta, o orgulho da desforra. Submeter, proteger uma dessas cabeças tonsuradas incumbidas há 18 séculos, pelo céu e pela Terra, da excomunhão e do extermínio dos circuncisos era, para o judeu, um sucesso excitante e lisonjeiro. Depois, aquela batina surrada, sórdida e respeitada que se inclinava diante dele entrava nos palacetes onde o prefeito não era recebido. As mulheres da aristocracia departamental veneravam aquele hábito agora humilhado ante a casaca do funcionário. A homenagem de um membro do clero era quase a homenagem daquela nobreza rural que não era toda governista, e cuja desdenhosa frieza o israelita, ainda que pouco sensível, sofrera dolorosamente. Monsenhor Guitrel, humilde com finura, fazia valer sua deferência.

Acatado como um senhor poderoso por aquele político da Igreja, o chefe da administração devolvia em benevolência o que recebia em respeito, e dirigia ao abade Guitrel palavras conciliadoras:

– Sem dúvida, existem bons sacerdotes, devotados e inteligentes. Quando o clero se restringe às suas atribuições...

E o abade Guitrel se inclinava.

O senhor Worms-Clavelin dizia ainda:

– A República não faz uma guerra sistemática aos padres. E se as congregações tivessem se submetido à lei, muitas contrariedades lhes teriam sido poupadas.

Então monsenhor Guitrel protestava:

– Há uma questão de direito. Eu a teria decidido a favor das congregações. Há também uma questão de fato. As congregações prestavam grandes benefícios.

O prefeito rematava, por entre a fumaça do seu charuto:

– Não convém voltar ao que foi feito. Mas o espírito novo é um espírito de conciliação.

E monsenhor Guitrel se inclinava mais uma vez, enquanto Rondonneau Júnior baixava sobre os seus registros a cabeça calva onde pousavam moscas.

Um dia, solicitada a dar sua opinião sobre um troféu que o prefeito em pessoa deveria entregar ao vencedor na corrida de cavalos de tiro, madame Worms-Clavelin foi com o marido ao estabelecimento de Rondonneau Júnior. Ela encontrou monsenhor Guitrel no escritório do ourives. Ele fez menção de deixar a sala, mas foi instado a ficar. Consultaram-no mesmo sobre as ninfas que, arqueando o ventre, formavam as asas do troféu. O prefeito achava melhor que fossem amazonas.

– Amazonas, sem dúvida – murmurou o professor de eloqüência sacra.

Madame Worms-Clavelin preferia centauras.

– Centauras, com efeito – disse o eclesiástico –, ou talvez centauros.

Enquanto isso, Rondonneau Júnior erguia entre os dedos diante dos espectadores o modelo de cera e sorria com admiração.

– Senhor abade – perguntou o prefeito –, é verdade que a Igreja ainda proscreve o nu na arte?

Monsenhor Guitrel replicou:

– A Igreja, em absoluto, jamais prescreveu as academias; mas sempre lhes moderou judiciosamente o uso.

Madame Worms-Clavelin fitou o padre e pensou que ele se parecia prodigiosamente com madame Vacherie. Confiou-lhe, então, que tinha a paixão dos bibelôs, que era louca por brocados, por veludos adamascados, paramentos religiosos, bordados e rendas. Confessou-lhe as concupiscências acumuladas em sua alma desde os tempos em que arrastava sua miséria jovem ante as vitrines dos brechós, no Quartier Bréda. Disse-lhe que sonhava com um salão forrado de velhos pluviais e de velhas casulas, e que andava também à cata de adereços antigos.

Ele respondeu que, com efeito, os ornamentos sacerdotais oferecem aos artistas modelos preciosos, sendo esta uma prova de que a Igreja não é inimiga das artes.

Desse dia em diante, monsenhor Guitrel começou a desencavar nas sacristias rurais velharias suntuosas, e quase não se passava semana que não levasse à casa de Rondonneau Júnior, sob o seu capote, uma casula ou capa de asperges, astutamente arrebatada de algum pároco inocente. Por sinal, monsenhor Guitrel punha rigoroso escrúpulo em remeter à fábrica expropriada a moeda de 100 *sous** com que o prefeito pagava a seda, o brocado, o veludo e os galões.

Em seis meses, o salão de madame Worms-Clavelin

 **Sou* – Antiga moeda francesa. *(N. do E.)*

assemelhava-se a um tesouro de catedral a recender um vago odor de incenso.

Num dia de verão desse mesmo ano, monsenhor Guitrel subiu, como de costume, as escadas do joalheiro e encontrou na loja o senhor Worms-Clavelin exaltado, radiante. Na véspera, o prefeito havia feito passar seu candidato, um criador de gado, jovem monarquista vira-casaca; e contava com a aprovação do ministro que, aos velhos republicanos, preferia em segredo os novos, menos exigentes e mais humildes. No calor da sua alegria esfuziante, ele bateu no ombro do padre:

– Senhor abade, quem dera houvesse muitos padres como o senhor, esclarecidos, tolerantes, sem preconceitos... pois, na verdade, o senhor não tem preconceitos... conscientes das necessidades do nosso tempo e das exigências da sociedade democrática. Se o episcopado, se o clero francês se imbuísse dos sentimentos a um tempo progressistas e conservadores que professa a República, teria ainda um belo papel a representar.

E, através da fumaça do seu grosso charuto, passou a expor sobre a religião idéias reveladoras de uma ignorância que em monsenhor Guitrel produzia íntima consternação. Dizia-se mais cristão que muitos cristãos e, numa linguagem de loja maçônica, gabava a moral de Jesus e criticava ao mesmo tempo as superstições locais e os dogmas fundamentais, as agulhas lançadas à fonte de Saint-Phal pelas moças casadoiras e a presença real na Eucaristia. Monsenhor Guitrel, de alma dócil, mas incapaz de ceder em matéria de dogma, balbuciava:

– Há que distinguir, senhor prefeito, há que distinguir.

Para desviar o tema, tirou do bolso do capote um rolo de pergaminho que abriu sobre o balcão. Era uma grande página de cantochão, com um texto gótico sob as pautas de quatro linhas, rubricas e uma capitular ornada.

O prefeito fixou na folha os grandes olhos que pareciam globos de candeeiro. Rondonneau Júnior, esticando a cabeça rosada e nua, observou:

– A iluminura tem um certo refinamento. Santa Ágata, não é?

– O martírio de Santa Ágata* – disse monsenhor Guitrel. – Vêem-se os verdugos torturando os seios da santa.

E acrescentou, com sua voz em que parecia escorrer um xarope espesso:

– Tal foi, com efeito, segundo as atas autênticas, o suplício infligido pelo procônsul à beata Ágata. Uma folha de antifonário, senhor prefeito, uma bagatela, uma simples bagatela que, quem sabe, encontrará seu modesto lugar entre as coleções de madame Worms-Clavelin, tão afeiçoada às nossas antiguidades cristãs. Esta página reproduz um fragmento do ofício da santa.

E, marcando com força as sílabas tônicas, decifrou o texto latino:

*Dum torqueretur beata Agata in mamillâ graviter dixit ad judicem: "Impie, crudeli et dire târanne, non es confusus amputare in feminâ quod ipse in matre suxisti? Ego habeo mamillas integras intus in animâ quas Domino consecravi."***

O prefeito, que era bacharel, compreendeu uma parte, e, cuidando de parecer gaulês, afirmou que era picante.

– Ingênuo – replicou suavemente o abade Guitrel –, ingênuo.

O senhor Worms-Clavelin concordou que, de fato, a linguagem da Idade Média tinha sua ingenuidade.

– E também sublimidade – disse monsenhor Guitrel.

---

*Santa Ágata tem seu martírio atrelado à mutilação das mamas. (*N. do E.*)

**Enquanto era cruelmente torturada, a bendita Ágata disse ao juiz: "Ah, vingativo, cruel, tirano e selvagem, tu não tens vergonha de arrancar de uma mulher aquilo que tua mãe usou para alimentar-te? Em minha alma meus seios estão inviolados, santificados por Deus."

Mas o prefeito continuava propenso a buscar naquele latim eclesiástico uma ponta de licenciosidade, e foi com um risinho maroto e obstinado que enfiou o pergaminho no bolso, agradecendo ao caro Guitrel pela descoberta.

Depois, empurrando o abade para o vão da janela, disse-lhe ao ouvido:

– Meu caro Guitrel, assim que se apresente a ocasião, eu farei alguma coisa pelo senhor.

5

Havia uma facção na cidade que apontava abertamente o senhor abade Lantaigne, superior do seminário, como sacerdote digno do episcopado e capaz de ocupar com honra a sé vaga de Tourcoing, esperando que a morte de monsenhor Charlot lhe permitisse cingir a mitra, com a cruz na mão e a ametista no dedo, na metrópole que era testemunha das suas obras e das suas virtudes. Era esse o plano do venerável senhor Cassignol, antigo primeiro presidente, que contava 25 anos de dignidade. Ao projeto associavam-se o senhor Lerond, substituto demissionário à época dos decretos, ora advogado no foro de..., e o abade Lalonde, antigo capelão militar, esmoler das Damas da Salvação, que, figurando entre as pessoas mais estimadas da cidade, mas não entre as mais influentes, formavam quase todo o partido do abade Lantaigne. O superior do seminário fora convidado a jantar na casa do primeiro presidente Cassignol, que lhe dissera em presença dos senhores Lalonde e Lerond:

– Senhor abade, entre no páreo. Quando for preciso escolher entre o senhor abade Lantaigne, que tão nobremente serviu à religião e à França cristã pela palavra e pela pena, que defende com a autoridade do talento e do caráter a causa, tantas vezes traída, dos direitos da Igreja da França no seio da Igreja Católica, e monsenhor Guitrel, ninguém terá o despudor de hesitar. E visto que, desta vez, parece recair sobre a nossa metrópole a honra de dar um bispo à cidade de Tourcoing, os fiéis da diocese consentem em separar-se momentaneamente do senhor abade, no interesse do episcopado e da pátria cristã.

E o venerável senhor Cassignol, que se aproximava dos 86 anos, acrescentou sorrindo:

– Nós tornaremos a vê-lo, tenho a firme convicção disso. De Tourcoing o senhor voltará para nós, senhor abade.

O abade Lantaigne respondeu:

– Senhor presidente, sem buscar quaisquer honrarias, não me furtarei a nenhum dever.

Ele desejava e esperava a cadeira do pranteado monsenhor Duclou. Mas, como o orgulho refreasse sua ambição, esperava que viessem trazer-lhe a mitra.

Certa manhã, o senhor Lerond foi procurá-lo no seminário e pô-lo a par dos progressos que fazia, no Ministério dos Cultos, a candidatura do abade Guitrel. Suspeitava-se que o prefeito Worms-Clavelin estivesse agindo energicamente em favor de monsenhor Guitrel nos corredores do Ministério, onde todos os franco-maçons já teriam recebido a palavra de ordem. Era o que lhe tinha sido dito na redação do *Libéral*, jornal religioso e moderado da região. Quanto às disposições do cardeal-arcebispo, não eram conhecidas.

A verdade é que monsenhor Charlot não se atrevia ainda a combater ou apoiar qualquer candidatura. Sua prudência natural aumentara com os anos. Se é que tinha preferências, não as deixava transparecer. Desde muito cultivava o hábito e

 o prazer da dissimulação, do mesmo modo como jogava todas as noites sua partida de besigue com monsenhor de Goulet. De fato, a elevação de um padre da sua diocese a um bispado não sufragâneo pouco lhe importava. Mas esforçavam-se por atrair seu interesse na disputa. O prefeito Worms-Clavelin, a quem ele não queria desagradar, lhe dera a entender: Sua Eminência não desconhecia o espírito de finura e serenidade de que monsenhor Guitrel dera provas na diocese. Por outro lado, ele considerava aquele Guitrel capaz de tudo. "Quem sabe", pensava, "se ele não almeja, em vez de ir para aquela pequena e obscura metrópole das Gálias setentrionais, fazer-se nomear aqui mesmo meu coadjutor? E se eu o declaro digno do episcopado, não será isto tomado como sinal de que o desejo para partilhar a minha sé?" O temor de que lhe impusessem um coadjutor envenenava a velhice de monsenhor Charlot. No que se referia ao abade Lantaigne, ele tinha fortes razões para calar-se e guardar reserva. Não apoiara a candidatura deste pela simples razão de que lhe previa o fracasso. Monsenhor Charlot não era dado a alinhar-se com os vencidos. Ademais, detestava o superior do seminário. Na verdade, essa aversão, numa alma amena e cordata como a sua, não era em absoluto contrária às ambições de monsenhor Lantaigne. Para ver-se livre dele, monsenhor Charlot teria consentido em que ele se tornasse bispo ou papa. Monsenhor Lantaigne gozava grande reputação de virtude, erudição e eloqüência; não era possível, sem uma certa impudência, declarar-se contra ele. Ora, monsenhor Charlot, popular e muito empenhado em conciliar todas as opiniões, não desdenhava das pessoas honestas.

O senhor Lerond ignorava os pensamentos secretos de Sua Eminência, mas sabia que o arcebispado ainda não se havia pronunciado. Julgava que seria possível influenciar o espírito do velho, e que não seriam vãos os apelos dirigidos às suas virtudes pastorais. Assim, pressionou monsenhor Lantaigne a procurar sem demora o arcebispado.

– O senhor pedirá a Sua Eminência, com deferência filial, seu conselho para o caso provável de que o bispado de Tourcoing lhe seja oferecido. Um passo correto, e que terá excelente efeito.

Monsenhor Lantaigne resistia:

– Seria conveniente esperar uma indicação mais solene.

– Que indicação seria mais solene que os desejos de tantos cristãos zelosos, a pronunciar o seu nome com uma unanimidade que relembra a antiga aclamação popular com que foram saudados os Médard e os Remi?

– Mas, senhor – replicou o honesto Lantaigne –, essas aclamações, no costume abolido que o senhor evoca, partiam dos fiéis da diocese que aqueles santos personagens eram chamados a governar. E não me consta que os católicos de Tourcoing me tenham aclamado.

O advogado Lerond disse, então, o que era preciso dizer:

– Se o senhor não lhe barrar o caminho, monsenhor Guitrel arrebanha o episcopado.

No dia seguinte, monsenhor Lantaigne havia envergado sobre os ombros o manto de cerimônia, cujas abas pregueadas flutuavam sobre as suas costas robustas enquanto, a caminho do palácio arquiepiscopal, ele rogava a Deus que poupasse à Igreja da França uma vergonha imerecida.

Sua Eminência, no momento em que monsenhor Lantaigne se inclinou diante dele, acabava de receber uma carta da nunciatura solicitando-lhe uma nota confidencial sobre monsenhor Guitrel. O núncio não escondia sua simpatia por um padre inteligente, zeloso, dizia-se, e capaz de negociar convenientemente com o poder temporal. Sua Eminência havia de pronto ditado a monsenhor de Goulet uma carta favorável ao candidato do núncio.

Com sua bonita voz tremulante, exclamou:

 – Monsenhor Lantaigne, como estou feliz em vê-lo!

– Monsenhor, venho rogar a Vossa Eminência um conselho paternal para o caso de o Santo Padre, lançando sobre mim um olhar favorável, resolver indicar-me...

– Fico muito feliz em vê-lo, monsenhor Lantaigne. O senhor chega bem a propósito!

– Eu ousaria, se Vossa Eminência não me julgasse indigno do ep...

– O senhor, monsenhor Lantaigne, é um teólogo eminente, e não há sacerdote mais versado em direito canônico. O senhor é autoridade nas questões espinhosas da disciplina. Seus conselhos são preciosos em matéria litúrgica e, em geral, em toda questão que interesse ao culto. Se não tivesse vindo, eu o mandaria chamar, como pode atestar monsenhor de Goulet. Tenho neste momento grande precisão das suas luzes.

E o cardeal, com sua mão gotosa, habituada à bênção, indicou uma cadeira ao superior do seminário.

– Monsenhor Lantaigne, queira escutar-me. O senhor pároco de Saint-Exupère, o venerável monsenhor Laprune, acaba de sair. Devo dizer-lhe que o pobre vigário teve esta manhã um enforcado em sua igreja. Imagine sua aflição! Ele está desarvorado. E eu mesmo devo recorrer, em tal conjuntura, ao parecer do mais douto entre os sacerdotes da minha diocese. Que devemos fazer? Responda-me!

Monsenhor Lantaigne recolheu-se por um momento. Depois, em tom doutoral, começou a expor as tradições relativas às purificações das igrejas:

– Os macabeus, depois de terem lavado o templo profanado por Antíoco Epifânio, no ano de 164, antes da Encarnação, celebraram sua consagração. Esta, monsenhor, é a origem da festa chamada Hanicha, que quer dizer renovação. Com efeito...

E continuou a desenvolver a idéia.

O cardeal escutava com ar de admiração. E monsenhor Lantaigne tirava sem cessar de sua memória inesgotável textos relativos às cerimônias de purificação, precedentes, argumentos, comentários.

– João, capítulo X, versículo 22... o Pontifical Romano... Beda, o Venerável, Baronius...

Falou durante três quartos de hora.

Após o que, o cardeal-arcebispo interpôs:

– Cumpre notar que o enforcado foi encontrado no vestíbulo da porta lateral, do lado da epístola.

– A porta interior do vestíbulo estava fechada? – inquiriu monsenhor Lantaigne.

– Não estava de todo aberta... mas tampouco estava completamente fechada – respondeu o cardeal.

– Entreaberta, monsenhor?

– É isso! Entreaberta.

– E o enforcado, monsenhor, estava no espaço delimitado pelo vestíbulo? É um ponto essencial a determinar. Vossa Eminência percebe sua capital importância.

– Sem dúvida, monsenhor Lantaigne... Monsenhor de Goulet, não é verdade que um braço do enforcado ultrapassava o vestíbulo e penetrava no interior da igreja?

Monsenhor de Goulet respondeu, corando, com algumas sílabas ininteligíveis.

– Salvo engano – prosseguiu Sua Eminência –, o braço ultrapassava o vestíbulo, ou pelo menos parte do braço.

Monsenhor Lantaigne concluiu que a Igreja de Saint-Exupère estava profanada. Recordou os precedentes e descreveu os procedimentos após o execrável assassinato de Sua Eminência o arcebispo de Paris na Igreja de Saint-Étienne-du-Mont. Em seguida, retraçou as idades, atravessou a Revolução, quando as basílicas eram transformadas em arsenais, reviveu Thomas Becket e o ímpio Heliodoro.

– Que sapiência! Que admirável doutrina! – disse Sua Eminência.

Levantou-se, dando ao padre a mão a beijar.

– Foi um serviço inestimável o que o senhor me prestou, monsenhor Lantaigne; saiba que tenho em alta conta sua ilustração, e receba minha bênção pastoral. Adeus.

E monsenhor Lantaigne, despachado, deu-se conta de que não pudera dizer uma só palavra do negócio importante que o trouxera ali. Mas, todo vibrante com seus próprios discursos, repleto de sua ciência e de sua razão, desceu satisfeito a grande escadaria a argumentar consigo mesmo sobre o enforcado de Saint-Exupère e a purificação urgente da igreja paroquial. Do lado de fora, ainda pensava no assunto.

Quando descia a tortuosa Rue des Tintelleries, encontrou o pároco de Saint-Exupère, o reverendo monsenhor Laprune, que, parado à frente da loja do toneleiro Lenfant, examinava rolhas.

Seu vinho andava azedando, e ele atribuía o estrago à maneira errada como as suas garrafas eram arrolhadas.

– É deplorável – resmungava. – Deplorável!

– E o seu enforcado? – indagou-lhe o abade Lantaigne.

Diante desta interrogação, o digno vigário de Saint-Exupère arregalou muito os olhos e perguntou, espantado:

– Que enforcado?

– O enforcado de Saint-Exupère, o infeliz suicida que o senhor achou esta manhã no vestíbulo da sua igreja.

Monsenhor Laprune, atônito, a imaginar qual dos dois, se ele ou monsenhor Lantaigne, teria perdido o juízo, respondeu que não tinha achado nenhum enforcado.

– O quê! – exclamou monsenhor Lantaigne, surpreso por sua vez. – Não foi encontrado esta manhã um homem enforcado em uma das entradas, do lado da epístola?

O vigário, em sinal de negativa, balançou duas vezes de um lado para o outro a cabeça, e seu rosto resplandecia a santa verdade.

Agora monsenhor Lantaigne tinha o ar de um homem acometido de vertigem.

– Mas é o senhor cardeal-arcebispo em pessoa quem acaba de dizer-me que o senhor encontrou um enforcado em sua igreja!

– Ora! – respondeu monsenhor Laprune, subitamente tranqüilizado. – Monsenhor estava-se divertindo. Ele adora gracejar. É excelente nisso, e sabe manter-se nos limites do decoro. Tem tanto espírito!

Mas o abade Lantaigne, erguendo ao céu seu olhar ardente e sombrio, clamou:

– O arcebispo me ludibriou! Esse homem jamais diz a verdade, senão sobre os degraus do altar quando, tomando entre as mãos a santa hóstia, pronuncia as palavras: *Domine, non sum dignus!*

6

Desde quando não mais se dispunha a montar a cavalo, e se comprazia em manter-se recolhido aos seus aposentos, o general Cartier de Chalmot ordenara a sua divisão em fichas, guardadas em caixinhas de papelão, que todas as manhãs distribuía sobre a escrivaninha e todas as noites arrumava em prateleiras de pinho, colocadas acima do seu leito de ferro. Mantinha suas fichas em dia com exatidão escrupulosa, numa ordem que o enchia de satisfação. Cada ficha representava um homem. A forma sob a qual ele considerava desde então seus oficiais, suboficiais e soldados contentava seu instinto de regularidade, e correspondia à sua compreensão da natureza. Cartier de Chalmot sempre se destacara como excelente oficial. O general Parroy, que o tivera sob suas ordens, dissera a respeito dele: "No capitão de Chalmot, a faculdade de obedecer e a de comandar se contrabalançam. Prerrogativa rara e preciosa do verdadeiro espírito militar."

Cartier de Chalmot fora sempre um homem do dever. Íntegro e tímido, excelente calígrafo, encontrara por fim o método apropriado ao seu feitio e o aplicava com o mais extremo rigor, comandando a sua divisão de fichas.

Naquele dia, tendo-se levantado como de hábito às cinco da manhã, passara do banheiro à mesa de trabalho; e, enquanto o sol se erguia com augusta lentidão por sobre os olmos do arcebispado, o general organizava manobras manejando seus cartões representativos da realidade, e idênticos à realidade para aquela inteligência dada a um desmedido culto dos símbolos.

Havia mais de três horas que ele concentrava sobre suas fichas o pensamento e o olhar, ambos pálidos e tristes como as próprias fichas, quando o criado veio anunciar-lhe o senhor abade de Lalonde. Tirou então a luneta, esfregou os olhos avermelhados pelo trabalho, levantou-se e voltou para a porta, quase sorrindo, o rosto que fora um dia belo, e que conservava na velhice a mesma simplicidade de linhas. Estendeu ao visitante que entrava a mão larga, cuja palma quase não tinha dobras, e com sua voz brusca e gaguejante, que traía a um tempo a timidez do homem e a infalibilidade do chefe, deu bom-dia ao padre.

– Meu caro abade, como tem passado? Alegro-me muito em vê-lo.

E indicou-lhe uma das duas cadeiras de crina que compunham, com a escrivaninha e a cama, todo o mobiliário do cômodo asseado, claro e nu.

O abade tomou assento. Era um velhote pequeno e extraordinariamente ágil. Na face toda engelhada feito tijolo patinado engastavam-se, como duas gemas, os olhinhos azuis de menino.

Encararam-se por um momento com simpatia, sem falar. Eram dois velhos amigos, dois companheiros de armas. Agora esmoler das Damas da Salvação, o abade Lalonde fora capelão militar. Nessa condição, tinha estado ligado ao regimento da guarda de que Cartier de Chalmot era coronel em 1870, e que, fazendo parte da divisão..., fora cercado em Metz com o exército de Bazaine.

A lembrança daquelas semanas épicas e deploráveis voltava ao espírito dos dois amigos cada vez que se reviam, e toda vez eles repetiam as mesmas palavras.

Nessa manhã, o capelão começou:

– Lembra-se, meu general, quando estávamos em Metz, faltando medicamentos, forragem, faltando sal...?

O abade Lalonde era o menos sensual dos homens. Mal sentira por si mesmo a privação do sal, mas sofrera muito por não poder distribuí-lo aos homens, como lhes distribuía o tabaco, em pequenos pacotes embrulhados com capricho. E lembrava aquela vicissitude cruel.

– Ah!, meu general, como o sal fazia falta!

O general Cartier de Chalmot respondeu:

– Supria-se a falta, até certo ponto, misturando pólvora à comida.

– É assim – tornou o capelão –, é uma coisa horrível, a guerra.

E aquele cândido amigo dos soldados falava com uma sinceridade vinda do fundo do coração. Mas o general não aceitava a condenação da guerra.

– Perdão, meu caro abade! A guerra é uma necessidade cruel, sem dúvida, mas que propicia aos oficiais e aos soldados a ocasião de desenvolverem qualidades superiores. Sem a guerra, não se saberia nunca até onde vão a resistência e a coragem dos homens.

E com muita seriedade, ajuntava:

– A Bíblia estabeleceu a legitimidade da guerra, e o senhor sabe melhor do que eu que Deus é chamado Sabaoth, ou seja, o Deus dos exércitos.

O abade sorriu com uma expressão de malícia inocente, mostrando os três únicos dentes que lhe restavam, mas ainda brancos.

– Ora! Não entendo hebraico... E Deus tem tantos outros e belos nomes que eu posso dispensar-me de dar-lhe esse... Ai de nós, meu general, que belo exército pereceu sob o comando daquele infeliz marechal!

Perante estas palavras, o general Cartier de Chalmot pôs-se a repetir o que já dissera cem vezes:

– Bazaine!... Ouça bem. Inobservância dos regulamentos concernentes às praças de guerra, indecisões condenáveis no comando, espírito vacilante diante do inimigo. E diante do inimigo não se pode vacilar... Capitulação em campo raso... Ele mereceu a sorte que teve. Ademais, era preciso um bode expiatório.

– Por mim – disse o capelão –, eu me absteria de dizer uma só palavra que pudesse injuriar a memória desse infortunado marechal. Não posso julgar seus atos. E não me cabe propalar suas falhas mais evidentes. Pois ele me prestou um favor pelo qual eu lhe serei agradecido pelo resto dos meus dias.

– Um favor? – repetiu o general. – Ele? Ao senhor?

– Ah! Um favor tão grande, tão belo! Ele me concedeu o perdão para um pobre soldado, um dragão condenado à morte por insubordinação. Em memória dessa generosidade, todos os anos eu rezo uma missa pelo repouso da alma do ex-marechal Bazaine.

Mas o general Cartier de Chalmot não se deixou comover.

– Capitulação em campo raso!... Imagine... Ele mereceu sua sorte.

Para reanimar-se, o general passou a falar de Canrobert e da soberba atuação da brigada... em Saint-Privat.

E o capelão contou historietas divertidas, com um toque de edificação:

– Ah! Saint-Privat, meu general! Na véspera da batalha, um grande patife, um carabineiro, veio procurar-me. Posso vê-lo ainda, todo de preto, numa pele de carneiro. Ele me grita: "Amanhã a coisa vai pegar fogo. Quero que me dê a absolvição, padre, e depressa! Ainda tenho que cuidar do meu cavalo." E eu lhe digo: "Não quero retê-lo, meu amigo. Mas você, primeiro, é preciso que me diga seus pecados. Quais são os seus pecados?" Ele me olha espantado e responde: "Ora, todos!" "Como, todos?" "Sim, todos. Cometi todos os pecados." Eu sacudo a cabeça: "Todos, meu amigo, é demais! Diga-me, vocês batem em sua mãe?" Diante desta pergunta, o meu cavaleiro se agita, levanta os grandes braços, pragueja como um pagão e exclama: "Padre, o senhor está zombando de mim!" E eu lhe respondo: "Calma, meu amigo. Bem vê que não cometeu todos os pecados..."

Assim o capelão, divertidamente, narrava anedotas pias do regimento. E acrescentava em seguida a moral. Os bons cristãos davam bons soldados. Era um erro banir a religião das Forças Armadas.

O general Cartier de Chalmot aprovava essas máximas.

– É o que eu sempre disse, meu caro abade. Destruindo as crenças espiritualistas arruína-se o espírito militar. Com que direito se pode exigir de um homem que sacrifique sua vida, se dela se tira a esperança de uma segunda existência?

E o capelão, com seu sorriso cheio de bondade, inocência e contentamento, disse:

– O império da religião há de voltar, o senhor verá. Já está voltando, por toda parte. Os homens não são tão maus quanto parecem, e Deus é soberanamente bom.

Só então ele explicou o fim da sua visita:

– Meu general, venho pedir-lhe um grande obséquio.

O general Cartier de Chalmot ficou atento; sua fisionomia, de natural já triste, ensombreceu-se. Estimava e respeitava o velho capelão, e gostaria de ser-lhe agradável. Mas a simples idéia de prestar um favor punha em sobressalto sua retidão severa.

– Sim, meu general, venho pedir-lhe que trabalhe pelo bem da Igreja. O senhor conhece o abade Lantaigne, superior do seminário da nossa cidade. É um padre eminente pela virtude e pela ciência, um grande teólogo.

– Encontrei-me diversas vezes com o senhor abade Lantaigne. Ele produziu em mim uma impressão favorável. Mas...

– Ah! Meu general, se tivesse como eu ouvido suas preleções, ficaria abismado com seu saber. Quanto a mim, não pude apreciar-lhe mais que uma ínfima parte. Passei trinta anos de minha vida a evocar o bom Deus a pobres soldados estirados num leito de hospital. Eu largava sobre eles um conselho pio com um cartucho de tabaco. Há 25 anos confesso santas mulheres, seguramente cheias de mérito, mas de caráter menos agradável que o dos meus soldados. Nunca tive tempo de ler os Doutores; não tenho espírito nem teologia bastantes para estimar em seu justo valor o senhor abade Lantaigne, que é uma biblioteca ambulante. Mas, pelo menos, posso garantir-lhe que ele diz o que faz e faz o que prega.

E o velho capelão, piscando o olho com malícia, acrescentou:

– Nem todos os eclesiásticos, infelizmente, têm essa qualidade.

– Tampouco todos os militares – falou o general, sorrindo um sorriso muito pálido.

E os dois trocaram um olhar de simpatia, na sua aversão comum à intriga e à falsidade.

O abade Lalonde, que ainda assim não era destituído de artimanha, rematou o elogio ao monsenhor Lantaigne com esta penada:

– É um excelente padre. Teria dado um excelente soldado.

Mas o general perguntou, bruscamente:

– Muito bem! O que posso fazer por ele?

– Ajudá-lo a calçar as meias roxas, que ele bem merece, meu general. Sua candidatura ao bispado vacante de Tourcoing está lançada. Peço-lhe que o apóie junto ao senhor ministro da Justiça e dos Cultos, a quem, segundo me disseram, conhece pessoalmente.

O general balançou a cabeça. Na verdade, ele jamais pedira ao governo o que quer que fosse. Cartier de Chalmot, monarquista e cristão, nutria pela República uma desaprovação absoluta e silenciosa. Não lendo os jornais e não falando com ninguém, desprezava, por princípio, um poder civil cujos atos ignorava. Obedecia e se calava. Entre a aristocracia local admirava-se sua dolorosa resignação, inspirada pelo sentimento do dever, reforçada por um desdém profundo de tudo quanto não fosse militar, consolidada por uma dificuldade crescente de pensar e de expressar-se, tornada sensível e tocante pelos progressos de uma moléstia do fígado.

Sabia-se que o general Cartier de Chalmot se mantinha, no fundo do coração, fiel à realeza. Sabia-se menos que, um dia, em 1893, recebera no peito um desses golpes comparáveis àqueles que os cristãos dizem ser desferidos pela graça, e que instalam no íntimo do homem, com a força de um raio, uma tranqüilidade inesperada e profunda. O acontecimento tivera lugar a 4 de junho, às cinco horas da tarde, nos salões da prefeitura. Ali, entre as flores que madame Worms-Clavelin pessoalmente arranjara, o presidente Carnot, de passagem pela cidade, recebera os oficiais da guarnição. O general Cartier de Chalmot, presente em meio ao seu Estado-Maior, viu pela primeira vez o presidente e, de súbito, sem motivo aparente, sem razão explicável, foi transpassado por uma admiração fulminante. Em um segundo, ante a gravidade calma e o cândido acanhamento do chefe de Estado, todos os seus preconceitos caíram por terra. Ele esqueceu que aquele soberano era um civil. Venerou-o e o amou. Num átimo, sentiu-se ligado por laços de simpatia e de respeito àquele homem macilento e triste como ele, mas augusto e sereno como um monarca. Numa fala marcial, pronunciou a saudação oficial que aprendera de cor. O presidente respondeu-lhe: "Agradeço-vos em nome da República e da Pátria a que lealmente servis." Então, tudo que o general Cartier de Chalmot acumulara durante 25 anos em devotamento ao príncipe ausente fluiu do seu coração para o presidente, cujo semblante plácido guardava uma surpreendente imobilidade, e que falava com uma voz lamentável, sem um movimento da face ou dos lábios, cerrados pela barba preta. Naquele rosto de cera, de olhos honestos e lentos, naquele peito sem vida, magnificamente traçado pelo cordão vermelho da Legião de Honra, em toda aquela figura de autômato sofredor, o general lia, a um tempo, a dignidade do chefe e a desgraça do homem nascido sob o signo do infortúnio, que jamais riu. À sua admiração mesclou-se o enternecimento.

Um ano mais tarde, soube do fim trágico daquele presidente por cuja salvação estaria disposto a morrer, e que revia desde então em pensamento, aprumado e sombrio, como a bandeira enrolada em sua haste e recoberta pelo estojo, na caserna.

Desde essa época, ignorava os governantes civis da França. Nada queria saber senão dos seus superiores hierárquicos, aos quais obedecia com taciturna correção. Pesaroso de responder com uma recusa ao reverendo abade de Lalonde, recolheu-se por um momento, depois revelou suas razões:

– Uma questão de princípios. Eu nunca peço nada ao governo. O senhor me aprova, não é mesmo?... Porque, uma vez que se estabelece uma regra...

O capelão o encarou com uma expressão de tristeza como que derramada sobre seu velho rosto jovial.

– Ah! Como poderia aprová-lo, meu general, eu que peço a todo mundo? Sou um pedinte inveterado. Por Deus e pelos pobres, tenho solicitado todos os poderosos do dia, os ministros do rei Luís Felipe, os do Governo Provisório, os de Napoleão III, os da Ordem Moral e os da atual República. Todos me ajudaram a fazer algum bem. E como o senhor conhece o ministro dos Cultos...

Nesse momento, uma voz aguda gritou no corredor:

– Pombinho! Pombinho!

E uma mulher corpulenta, de robe, os cabelos brancos coroados de papelotes, irrompeu violentamente no quarto. Era madame Cartier de Chalmot que chamava o general para o almoço.

Ela já havia sacudido o marido com ternura imperiosa e gritado mais uma vez – "Pombinho!" – quando deu pela presença do velho padre, encostado à porta.

Ela se desculpou pelo seu aspecto desleixado. Tinha tantos afazeres pela manhã! Três filhas, dois filhos, um sobrinho órfão e o marido, sete crianças para cuidar!

– Ah! Madame – disse-lhe o abade –, é o bom Deus que a envia! A senhora será minha providência.

– Sua providência, senhor abade?

Em seu robe cinzento, suas formas exibiam a ampla majestade de antigas maternidades. Na face luzidia e bigoduda resplandecia o orgulho da matrona: seus movimentos largos exprimiam, a um tempo, a agilidade de uma dona de casa afeita ao trabalho e o desembaraço de uma dama habituada às homenagens oficiais. O general desaparecia atrás dela. Era sua fada doméstica e seu gênio tutelar, essa paulina que, com sua atividade e sua coragem, sustentava o peso da casa pobre e faustosa, e que, no lar, lavadeira, cozinheira, costureira, camareira, preceptora, enfermeira, modista – embora de um gosto ingenuamente extravagante –, mostrava nos jantares solenes e nas recepções um imperturbável bom-tom, um perfil imperioso e espáduas ainda belas. Era voz corrente na divisão que se o general fosse feito ministro da Guerra, a generala faria magnificamente as honras do palácio do Boulevard Saint-Germain.

E a atividade da generala se expandia generosamente fora de casa, multiplicava-se em obras pias e caritativas. Madame Cartier de Chalmot era *patronnesse* de três creches e de 12 obras recomendadas pelo cardeal-arcebispo. Monsenhor Charlot demonstrava àquela dama um apreço especial, e lhe dizia às vezes, com seu sorriso de homem do mundo: "A senhora é uma generala no exército da caridade cristã." E monsenhor Charlot, professando a boa doutrina, não deixava de acrescentar: "E não há caridade fora da caridade cristã. Pois só a Igreja está em condições de resolver os problemas sociais cujas dificuldades afligem todos os espíritos e despertam particularmente a solicitude de nosso coração paternal."

O mesmo pensava a generala Cartier de Chalmot. Sua piedade era copiosa, aberta, e não destituída daquela exuberância um pouco berrante que não raro assumiam o tom da sua voz e as flores dos seus chapéus. Sua fé, transbordante e decorativa como o peito que a continha, mostrava-se com esplendor nos salões. Pela amplitude dos seus sentimentos religiosos, a generala muito prejudicara o marido. Mas nem um nem outro se incomodava com isso. O general também tinha sentimentos cristãos. O que não o impedira de mandar prender o cardeal-arcebispo em cumprimento a uma ordem escrita do ministro da Guerra. No entanto, ele era visto com suspeita pela democracia. E o próprio prefeito Worms-Clavelin, que não era fanático, considerava o general Cartier de Chalmot perigoso. Era culpa da generala. Ela era ambiciosa, mas tinha um forte sentimento de honra e era incapaz de trair seu Deus.

– Como posso ser sua providência, senhor abade?

E quando soube que se tratava de levar ao bispado de Tourcoing o abade Lantaigne, de uma virtude tão firme e elevada, animou-se e mostrou sua bravura.

– É de bispos assim que precisamos. Monsenhor Lantaigne deve ser nomeado.

O velho capelão começou a tirar partido desse belo entusiasmo.

– Pois então, madame, convença o general a escrever ao ministro dos Cultos, que vem a ser seu amigo.

Ela abanou vivamente sobre a cabeça sua coroa de papelotes.

– Não, senhor abade. Meu marido não escreverá. É inútil insistir. Ele acha que um militar jamais deve pedir o que quer que seja. Ele tem razão. Meu pai era da mesma opinião. O senhor o conheceu, senhor abade, e sabe que ele era um homem de mérito e um bom soldado.

O antigo capelão militar bateu na testa.

– O coronel de Balny! Sim, é verdade, eu o conheci. Era um bravo e um cristão.

O general Cartier de Chalmot interveio:

– O coronel de Balny, meu sogro, era um homem notável, principalmente pelo fato de conhecer de ponta a ponta o regulamento de 1829 sobre as manobras da cavalaria.

Esse regulamento era tão complexo que poucos oficiais o dominavam por completo. Ele foi suprimido desde então, e o coronel de Balny sofreu com isso um desgosto que lhe apressou o fim. Novos regulamentos sobrevieram, apresentando a indiscutível vantagem da simplificação. No entanto, eu me pergunto se o velho estado de coisas não era preferível. É preciso exigir muito do cavalariano para obter um pouco. O mesmo vale para o infante.

E o general pôs-se a manipular animadamente sua divisão de fichas, arrumadas nas caixinhas.

Madame Cartier de Chalmot já ouvira outras vezes essas palavras. E dava sempre a mesma resposta. Uma vez mais ela disse:

– Pombinho! Como você pode dizer que papai se finou de desgosto, se ele morreu de apoplexia durante uma inspeção?

O velho capelão, com uma astúcia ingênua, conduziu a conversa para o assunto que lhe interessava.

– Ah! Madame, seu excelente pai, o coronel de Balny, teria certamente apreciado o caráter de monsenhor Lantaigne, e teria feito votos pela elevação desse sacerdote ao episcopado.

– Também eu, senhor abade, faço votos – respondeu a generala. – Meu marido não pode, não deve tomar iniciativas. Mas eu, se crê que minha intervenção possa ser útil, direi uma palavrinha a Sua Eminência. A mim não me causa medo nosso arcebispo.

– Sem dúvida, a uma palavra de sua boca... – murmurou o velho – o ouvido de monsenhor Charlot será sensível.

A generala anunciou que veria o arcebispo na inauguração do Pão de Santo Antônio, de que ela era presidenta, e que então...

Interrompeu-se:

– As costeletas!... Com sua licença, senhor abade.

Precipitou-se para o patamar e da escada gritou suas ordens à cozinheira. Em seguida, tornou a entrar no quarto.

– Então, eu o chamarei à parte e lhe rogarei que fale ao núncio em favor de monsenhor Lantaigne. Não é o que deve ser feito?

O velho capelão fez menção de tomar-lhe as mãos, sem contudo chegar a fazê-lo.

– É exatamente isso, madame. Estou certo de que o bom Santo Antônio de Pádua estará ao seu lado e haverá de ajudá-la a persuadir monsenhor Charlot. É um grande santo. Falo de Santo Antônio... As damas não deveriam acreditar que ele se dedique exclusivamente a encontrar berloques perdidos. Ele tem mais o que fazer no céu. Pedir-lhe pão para os pobres é, sem dúvida, bem mais meritório. A senhora, madame, compreendeu isso. O Pão de Santo Antônio é uma bela obra. Pretendo inteirar-me melhor a respeito dela. Mas tomarei cuidado para que isso não chegue ao conhecimento das minhas boas irmãs.

Referia-se às Damas da Salvação, de que era esmoler.

– Elas já têm obras demais. São excelentes senhoras. Mas muito presas a práticas insignificantes e mesquinhas, as pobres damas.

Suspirou, recordando o tempo em que era capelão do regimento, os dias trágicos da guerra, quando acompanhava os feridos estendidos sobre a maca da ambulância e lhes servia uma gota de aguardente. Pois era por meio da distribuição de álcool e de tabaco que tinha por hábito exercer seu apostolado. Mais uma vez, cedeu ao desejo de falar das batalhas em Metz, e contou novas histórias. Havia diversas que diziam respeito a um antigo cavador de trincheira, nativo de Lorena, chamado Larmoise, homem fértil em expedientes.

– Ainda não lhe contei, meu general, que aquele velho malandro me aparecia todas as manhãs trazendo um saco de batatas. Um dia eu lhe perguntei onde as conseguia. Ele me respondeu: "Nas linhas inimigas." Eu lhe disse: "Infeliz!" Ele me explicou, então, que encontrou conterrâneos entre a vanguarda alemã. "Conterrâneos?" "Sim, conterrâneos, gente nossa. Só a fronteira nos separa. A gente se abraçou, falou nos parentes, nos amigos. E eles me disseram: 'Pode levar todas as batatas que quiser.'"

E o abade concluiu:

– Essa pequena aventura me fez sentir melhor que todas as reflexões até que ponto a guerra é injusta e cruel.

– Sim – disse o general –, essas promiscuidades deploráveis ocorrem às vezes nos pontos de contato entre os dois exércitos. É preciso reprimi-las severamente, levando em conta, entretanto, as circunstâncias.

7

Naquela tarde, o abade Lantaigne, superior do seminário, encontrou-se na aléia das muralhas com um docente da Faculdade de Letras, monsieur Bergeret,* que era tido como um espírito distinto, embora extravagante. Monsenhor Lantaigne perdoava-lhe o ceticismo e palestrava com ele de bom grado, quando o encontrava sob os olmos, com a condição de que a alameda estivesse deserta. De sua parte, monsieur Bergeret não era avesso a estudar a alma de um padre inteligente. Sabiam ambos que suas conversas num banco do passeio desagradavam igualmente ao deão da faculdade e ao arcebispo. Mas o

*Optamos por manter a grafia francesa para monsieur Bergeret a fim de preservar o título, já consagrado, do volume 4 desta coleção. (*N. do E.*)

abade Lantaigne ignorava a prudência humana, e monsieur Bergeret, muito cansado, desalentado, desgostoso, dispensava-se de guardar inúteis deferências.

Irreligioso com decência e bom gosto, as devoções freqüentes de sua mulher e os intermináveis catecismos das filhas levaram-no a ser acusado de clericalismo nos gabinetes do Ministério, enquanto certos conceitos que lhe eram atribuídos eram usados contra ele pelos católicos de sentimento e pelos patriotas de profissão. Frustrado em suas ambições, procurava ao menos viver a seu modo, e, não tendo sabido agradar, exercitava-se discretamente em desagradar.

Naquela tarde calma e radiosa, vendo o superior do seminário que seguia pelo seu caminho costumeiro, monsieur Bergeret apressou o passo e juntou-se a ele sob os primeiros olmos da alameda.

– Bons olhos o vejam – recitou o abade Lantaigne, que diante de um professor universitário comprazia-se em exibir inocentes faceirices de letrado.

Trocando algumas frases vagas, exprimiram ambos a grande comiseração que lhes inspirava o mundo em que viviam. Só que o abade Lantaigne deplorava o declínio dessa cidade antiga, tão rica de saber e pensamento na Idade Média, e agora submetida a alguns mercadores franco-maçons; ao passo que, pelo contrário, monsieur Bergeret dizia:

– Os homens foram, outrora, o que são no presente, isto é, mediocremente bons e mediocremente maus.

– De modo nenhum! – contestou monsenhor Lantaigne. – Os homens eram vigorosos pelo caráter e pela doutrina ao tempo em que Raimund le Grand, apelidado o Doutor Balsâmico, ensinava neste burgo a soma dos conhecimentos humanos.

O sacerdote e o professor sentaram-se em um banco de pedra onde já se encontravam, em silêncio, dois velhos pálidos e lerdos. À frente do banco, uma relva muito verde descia suavemente, sob uma bruma fina, até os choupos que margeavam o rio.

– Senhor abade – disse o professor –, como todo mundo, eu folheei na biblioteca municipal o *Hortus* e o *Thesaurus* de Raimund le Grand. Além disso, li o livro que recentemente o abade Cazeaux consagrou ao Doutor Balsâmico. Ora, o que me impressionou nesse livro...

– O abade Cazeaux é um dos meus alunos – interrompeu monsenhor Lantaigne. – Seu livro sobre Raimund le Grand é alimentado de fatos, o que é digno de mérito; é fundado na doutrina, o que é ainda mais louvável e raro, pois a doutrina está-se perdendo nesta França decaída, que foi a maior das nações, assim como a mais teológica.

– Esse livro de monsenhor Cazeaux – prosseguiu monsieur Bergeret – pareceu-me interessante sob vários pontos de vista. À falta de conhecimentos teológicos, mais de uma vez me perdi. Mas pareceu-me ver nele que o bem-aventurado Raimund, aquele monge tão firmemente ortodoxo, reivindicava para o mestre o direito de professar sobre um mesmo tema duas opiniões contraditórias, uma teológica e concorde com a revelação, a outra, puramente humana e fundada na experiência ou no raciocínio. O Doutor Balsânico, cuja estátua orna tão severamente o pátio do arcebispado, sustentava, tanto quanto me foi dado entender, que o mesmo homem pode negar como observador ou como argumentador as verdades que, como cristão, aceita e proclama. E pareceu-me que monsenhor Cazeaux, seu aluno, aprovava esse estranho sistema.

O abade Lantaigne, bastante animado pelo que acabava de ouvir, tirou do bolso seu lenço vermelho, desdobrou-o como a um estandarte e, com a face corada, a grande boca aberta, acolheu intrépido, a peito descoberto, o desafio que lhe era lançado.

– Monsieur Bergeret, que se possa ter, sobre a mesma matéria, duas opiniões distintas, uma teológica e de origem divina, outra puramente racional ou experimental, de origem humana, é uma questão à qual eu respondo afirmativamente. E vou demonstrar-lhe a validade dessa aparente contradição por meio de um exemplo bem vulgar. Quando, sentado no seu gabinete, diante de uma mesa atulhada de livros e papéis, o senhor exclama: "É incrível! Acabo de colocar meu corta-papel sobre esta mesa e não consigo encontrá-lo. Eu o vejo, acredito vê-lo, e não o vejo mais." Quando pensa desse modo, monsieur Bergeret, o senhor tem duas opiniões contraditórias sobre um mesmo objeto: uma, de que seu corta-papel está sobre a mesa porque deveria estar, esta fundada na razão; a outra, de que seu corta-papel não está sobre a mesa, uma vez que não o encontra ali, fundada na experiência. Eis aí duas opiniões inconciliáveis sobre um mesmo objeto. E elas são simultâneas. O senhor afirma, ao mesmo tempo, a presença e a ausência do corta-papel. O senhor insiste: "Ele está aqui, tenho certeza", no mesmo momento em que constata que ele não está.

E, tendo terminado sua demonstração, o abade Lantaigne agitou seu lenço xadrez, salpicado de partículas de fumo, qual flamejante bandeira da escolástica.

Mas o lente da Faculdade de Letras não estava convencido. Não teve dificuldade em mostrar a inconsistência do sofisma: replicou com muita suavidade, em sua voz um pouco débil e que ele poupava, que, ao procurar seu corta-papel, ele experimentava alternadamente e não simultaneamente o receio e a esperança, efeito de uma incerteza que não podia perdurar; pois acabaria por certificar-se de que o objeto estava ou não estava sobre a mesa.

– Senhor abade – acrescentou –, nada nesse exemplo do corta-papel é aplicável ao juízo contraditório que o bem-aventurado Raimund, ou monsenhor Cazeaux, ou o senhor mesmo, poderiam formar sobre tal ou qual fato relatado na Bíblia, afirmando, ao mesmo tempo, que ele é verdadeiro e falso. Permite-me que eu, por minha vez, lance mão de um exemplo? Tomemos, certamente não para embaraçá-lo, mas porque o exemplo me ocorre espontaneamente ao espírito, a história de Josué fazendo parar o sol...

Monsieur Bergeret passou a língua nos lábios e sorriu. Pois era, afinal, no fundo de sua alma, um voltairiano.

– ... Josué fazendo parar o sol. Dirá o senhor a um só tempo, senhor abade, que Josué fez e não fez parar o Sol?

O superior do seminário não demonstrou qualquer sombra de embaraço. Polemista exímio, voltou contra o opositor a chama dos seus olhos e o alento do seu peito:

– Expressamente feitas todas as reservas sobre a verdadeira interpretação, quer literal ou espiritual, da passagem do *Livro de Josué* a que se refere, e na qual tantos antes do senhor esbarraram perplexos, respondo-lhe sem titubear: sim, eu tenho duas opiniões distintas sobre a interpretação daquele milagre. Como físico, acredito, por razões tiradas da física, isto é, da observação, que a Terra gira em torno do Sol imóvel. E como teólogo acredito que Josué fez parar o Sol. A contradição existe. Mas não é uma contradição irredutível. Vou mostrar isso num instante. Pois a idéia que nós fazemos do Sol é puramente humana; não concerne senão ao homem, e poderia não convir a Deus. Para o homem, o Sol não gira em torno da Terra. Nisto concordo, e me inclino a dar razão a Copérnico. Mas não irei ao ponto de obrigar a Deus a ser copernicano como eu, e não indagarei se para Deus o Sol gira ou não em volta da Terra. A bem dizer, eu não precisava do *Livro de Josué* para saber que nossa astronomia humana não é a astronomia de Deus. As especulações sobre o tempo, o número e o espaço não abarcam o infinito, e é uma idéia estúpida pretender embaraçar o Espírito Santo com um problema de física ou de matemática.

– Então – interpôs o professor – o senhor admite que, mesmo em matemática, é lícito ter-se duas opiniões contraditórias, uma humana, outra divina?

– Não me deixo ser levado a esse extremo – respondeu o abade Lantaigne. – Há nas matemáticas uma exatidão que as conforma bastante com a verdade absoluta. Dos números não há o que temer, pelo contrário, a não ser o fato de que a razão, tentada a buscar neles seu próprio princípio, corre o risco de perder-se a ponto de não ver no Universo mais que um sistema de números. Este erro tem sido condenado pela Igreja. No entanto, eu lhe responderei sem receio que a matemática humana não é a matemática divina. É óbvio que não poderia haver contradição entre uma e outra, e quero crer que o senhor não pretenda fazer-me afirmar que para Deus três e três podem ser nove. Mas nós não conhecemos todas as propriedades dos números, e Deus as conhece. Sei de sacerdotes, qualificados de eminentes, que sustentam dever a ciência conformar-se com a teologia. Abomino esta impertinência, diria quase esta heresia, pois há algo de ímpio em pretender ajustar a verdade imutável, absoluta, a essa espécie de verdade imperfeita e provisória a que se chama ciência. Essa insensatez de assimilar a realidade à aparência, o corpo à alma, produziu uma multiplicidade de opiniões perversas e funestas, pelas quais os apologistas de hoje em dia dão mostras da sua irreflexão temerária. Um membro distinto da Companhia de Jesus admite a pluralidade dos mundos habitados; aceita que Marte e Vênus sejam povoados por seres inteligentes, contanto que à Terra seja reservado o privilégio da Cruz, pelo qual ela se torna única e singular na criação. Outro que ocupou na Sorbonne, não sem certo mérito, a cátedra hoje extinta de teologia admite que o geólogo possa descobrir vestígios de pré-adamitas, e reduz a gênese bíblica à organização de um cantão do Universo para a morada de Adão e de sua semente. Oh, crassa loucura! Oh, míseras audácias! Oh, novidades antigas e já cem vezes condenadas! Oh, ruptura da solene unidade! Quão preferível é, como Raimund le Grand e seu historiador, proclamar que a ciência e a religião não se devem confundir, não mais que o relativo e o absoluto, o finito e o infinito, a obscuridade e a luz!

– Senhor abade – disse o professor –, o senhor menospreza a ciência.

O padre balançou a cabeça.

– Em absoluto, monsieur Bergeret, em absoluto! Acho, pelo contrário, a exemplo de Santo Tomás de Aquino e de todos os grandes doutores, que a ciência e a filosofia devem merecer estima em nossas escolas. Não se menospreza a ciência sem menosprezar a razão; não se menospreza a razão sem menosprezar o homem; não se menospreza o homem sem ofender a Deus. O ceticismo imprudente dirigido à razão humana é o primeiro grau desse ceticismo criminoso que desdenha os mistérios divinos. Eu prezo a ciência como uma dádiva que nos vem de Deus. Mas, se Deus nos deu a ciência, não nos deu *Sua* ciência. Sua geometria não é a nossa. A nossa especula num plano ou no espaço, a Sua se exerce no infinito. Ele não nos enganou: eis por que julgo que existe uma ciência humana verdadeira. Ele não nos ensinou tudo: eis por que constato a falibilidade dessa ciência, ainda que verdadeira, em conformar-se com a verdade das verdades. E tal desacordo, quando se me depara, eu o vejo sem temor: ele nada prova, nem contra o céu nem contra a Terra.

Monsieur Bergeret admitiu que o sistema lhe parecia tão engenhoso quanto arrojado, e ajustado, enfim, aos interesses da fé.

– Contudo – observou –, não é essa a doutrina do nosso arcebispo. Monsenhor Charlot menciona com freqüência, em suas pastorais, as verdades da religião confirmadas pelas descobertas da ciência, e notadamente pelas experiências do senhor Pasteur.

– Ora – retrucou o abade Lantaigne em uma voz nasal em que sibilava o desprezo. – Sua Eminência cultiva, pelo menos em matéria de filosofia, a pobreza evangélica.

No momento em que esta frase singrava o ar sob os quincôncios, uma sobrecasaca pançuda passou diante do banco, encimada por um grande chapéu clerical.

– Fale mais baixo, senhor abade – disse o docente –, o senhor abade Guitrel pode ouvi-lo.

8

O prefeito Worms-Clavelin conversava com o abade Guitrel na loja de Rondonneau Júnior, ourives e joalheiro. Deixou-se cair numa poltrona e cruzou as pernas de modo tal que a sola de uma das botinas apontava para o queixo do afável ancião.

– Senhor abade, não importa o que diga! O senhor é um sacerdote esclarecido; o senhor vê na religião um conjunto de prescrições morais, uma disciplina necessária, e não dogmas superados, mistérios cuja absurdidade nada tem de misterioso.

Monsenhor Guitrel adotava, como padre, excelentes regras de conduta. Uma delas era evitar o escândalo e calar-se, de preferência a expor a verdade ao escárnio dos incréus. E, como essa precaução combinava com o feitio do seu caráter, ele a observava rigorosamente. Mas ao prefeito Worms-Clavelin faltava discrição. Seu nariz vasto e carnudo, seus beiços grossos pareciam possantes aparelhos de bombear e aspirar, ao passo que a fronte fugidia, por sobre olhos protuberantes e pálidos, traía a negação de toda delicadeza moral. Ele insistiu, arrojou contra os dogmas cristãos argumentos de loja maçônica e de café literário, concluiu que era impossível a um homem inteligente crer numa só palavra do catecismo. Depois, abatendo sobre o ombro do padre a mão gorda carregada de anéis, falou:

– O senhor nada responde, meu caro abade; logo, concorda comigo.

Monsenhor Guitrel, de certa forma um mártir, viu-se constrangido a fazer sua profissão de fé:

– Perdão, senhor prefeito; esse livrinho que se apraz em desprezar em certos meios, o catecismo, contém mais verdades que os grossos tratados de filosofia que despertam tanta comoção no mundo. O catecismo alia a metafísica mais profunda à mais eficaz simplicidade. Esta apreciação não é minha: é de um filósofo eminente, monsenhor Jules Simon, que põe o catecismo acima do *Timeu* de Platão.

O prefeito não se atreveu a manifestar qualquer oposição ao julgamento de um ex-ministro. Ocorreu-lhe, outrossim, que seu superior hierárquico, o atual ministro do Interior, era protestante.

– Como funcionário – disse ele –, respeito igualmente todos os cultos, o protestantismo da mesma forma que o catolicismo. Como homem, sou livre-pensador e, se tivesse uma preferência dogmática, permita-me dizer-lhe, senhor abade, que ela seria em favor da Reforma.

Monsenhor Guitrel respondeu, com voz untuosa:

– Sem dúvida, encontram-se entre os protestantes pessoas eminentemente respeitáveis do ponto de vista da moral, e digo mesmo pessoas exemplares, se julgadas sob o prisma mundano. Mas a chamada Igreja reformada não passa de um membro decepado da Igreja Católica, e o ponto de ruptura ainda sangra.

Indiferente a essas palavras vigorosas, tomadas de Bossuet, o prefeito tirou de sua caixa um grosso charuto, acendeu-o, depois estendeu a caixa ao padre:

– Aceita um charuto, senhor abade?

Não tendo a mínima idéia da disciplina eclesiástica, e jul gando que o fumo fosse proibido aos membros do clero, era para constrangê-lo ou para tentá-lo que ele oferecia um charuto a monsenhor Guitrel. Em sua ignorância, acreditava, com tal oferenda, induzir em pecado o batina, fazê-lo cair em desobediência, talvez em sacrilégio e quase na apostasia. Mas monsenhor Guitrel aceitou placidamente o charuto, colocou-o com cuidado no bolso do casaco e declarou, com civilidade, que o fumaria depois do jantar em seu quarto.

Assim, o prefeito Worms-Clavelin e o abade Guitrel, professor de oratória sacra no seminário, conversavam no gabinete do ourives. Perto deles, Rondonneau Júnior, fornecedor do arcebispado, que prestava serviços também à prefeitura, assistia discretamente ao colóquio, sem nele tomar parte. Fazia sua correspondência, e seu crânio liso ia e vinha entre os livros e mostruários de ourivesaria comercial amontoados sobre a mesa.

Bruscamente, o prefeito se pôs de pé, empurrou o abade Guitrel até o outro extremo da peça, para o vão da janela, e falou-lhe ao ouvido:

– De fato – respondeu o padre –, fui inteirado da morte de monsenhor Duclou. É uma grande perda para a Igreja da França. Os méritos de monsenhor Duclou eram tão grandes quanto sua modéstia. Suas homilias eram magníficas. Suas instruções pastorais são modelos de eloqüência exortatória.

Permita-me recordar que o conheci em Orleães, ao tempo em que ele era ainda o senhor abade Duclou, reverendo pároco de Saint-Euverte, e que nessa época se dignava honrar-me com sua benévola amizade. A notícia do seu fim prematuro foi para mim particularmente dolorosa.

Calou-se, deixando descair os lábios em sinal de compunção.

– Não é disso que se trata – disse o prefeito. – Ele está morto. Trata-se de substituí-lo.

A fisionomia de monsenhor Guitrel se alterou. Agora ele arregalava muito os olhinhos e tinha o ar de um camundongo que fareja o toucinho na despensa.

– Compreenda, meu caro Guitrel – continuou o prefeito –, que todo esse negócio não me diz respeito, em absoluto. Não sou eu quem nomeia os bispos. Não sou o ministro da Justiça, nem o núncio, nem o papa, graças a Deus!

E desatou a rir.

– A propósito, em que termos está o senhor com o núncio?

– O núncio, senhor prefeito, olha-me com benevolência, como a um filho submisso e respeitoso do Santo Padre. Mas não alimenta ilusões de que me distinga particularmente, na condição obscura em que me acho colocado e em que me compraz permanecer.

– Meu caro abade, se lhe falo neste assunto, e que isto fique só entre nós, é que há a questão de enviar para Tourcoing um padre do meu distrito. Sei de fonte segura que está sendo aventado o nome do senhor abade Lantaigne, superior do seminário, e não é impossível que eu seja solicitado a fornecer informações confidenciais sobre o candidato. Ele é seu superior hierárquico. O que pensa dele?

Monsenhor Guitrel, os olhos baixos, respondeu:

– É certo que o senhor abade Lantaigne levaria à sé episcopal outrora santificada pelo apóstolo Loup virtudes eminentes e o precioso dom da palavra. Seus sermões, pregados em Saint-Exupère, têm sido justamente apreciados pela ordenação das idéias e pelo vigor da expressão, e é voz unânime que nada faltaria à perfeição de algumas de suas prédicas se nelas se encontrasse aquela unção, aquele óleo perfumado e bendito, se posso me expressar assim, que só ele é capaz de penetrar os corações. O senhor vigário de Saint-Exupère houve por bem ser o primeiro a declarar que monsenhor Lantaigne, ao levar sua palavra ao público da mais venerável basílica da diocese, mostrou-se digno do grande apóstolo das Gálias, que dela assentou a primeira pedra, graças a um ardor e um zelo cujos excessos se justificam por sua intenção caridosa. Condenou tão-somente as incursões do orador no domínio da história contemporânea. Pois há que reconhecer que monsenhor Lantaigne não receia revolver cinzas ainda ardentes. Monsenhor Lantaigne distingue-se pela devoção, pelo saber e pelo talento. É lamentável que esse sacerdote, digno de ser elevado aos mais altos degraus da hierarquia, creia dever ostentar seu apego, louvável sem dúvida em seu princípio, mas imoderado em seus efeitos, a uma família exilada da qual recebe os benefícios! É com prazer que ele exibe um exemplar da *Imitação de Cristo*, encadernado em púrpura e ouro, que lhe foi ofertado pela senhora Condessa de Paris, e faz alarde das pompas da sua fidelidade e da sua gratidão. E que infortúnio que a soberba, perdoável talvez em tão belo espírito, o arraste a falar sob os quincôncios, publicamente, de Sua Eminência o cardeal-arcebispo em termos que eu não ouso reportar! Ai de nós! Faltando-me a voz, todas as árvores da alameda poderão repetir essas palavras saídas da boca de monsenhor Lantaigne, em presença de monsieur Bergeret, docente da Faculdade de Letras: "Somente em espírito Sua Eminência observa a pobreza evangélica!" Tais comentários lhe são habituais, e não é verdade que o ouviram dizer, quando da última ordenação, ao aproximar-se Sua Eminência em seus paramentos pontifícios, que ele porta com tanta nobreza, em que pese sua pequena estatura: "Cruz de ouro, bispo de pau"? Desta forma, censurava ele, em má hora, a magnificência com que monsenhor Charlot se apraz em celebrar os ofícios, como em determinar os arranjos dos seus banquetes oficiais, e notadamente do jantar que ofereceu ao general comandante do Nono Corpo de Exército, em que o senhor prefeito foi um dos convidados. E é particularmente um melhor entendimento entre a prefeitura e o arcebispado o que melindra o senhor abade Lantaigne, por desgraça assaz propenso a prolongar, ao arrepio dos preceitos de São Paulo e dos ensinamentos de Sua Santidade Leão XIII, os penosos mal-entendidos de que se ressentem igualmente a Igreja e o Estado.

O prefeito ouvia de queixo caído, segundo seu hábito de escutar pela boca.

– Esse Lantaigne – explodiu ele – está imbuído do mais execrável espírito clerical! Então ele me detesta? De que se queixa? Não sou eu bastante tolerante, liberal? Não fechei eu os olhos quando, de toda parte, os monges, as irmãs retornavam aos conventos e às escolas? Pois se é verdade que nós preservamos com energia as leis essenciais da República, raramente as aplicamos. Mas os padres são incorrigíveis. São todos iguais. Clamam que estão sendo oprimidos enquanto negam exercer a opressão. E que diz ele de mim, esse seu Lantaigne?

– Nada de formal pode ser articulado contra a administração do senhor prefeito Worms-Clavelin, mas uma alma intransigente como monsenhor Lantaigne não lhe perdoa sua filiação à franco-maçonaria, nem suas origens israelitas.

O prefeito sacudiu a cinza do charuto.

– Os judeus não são meus amigos. Eu não tenho ligações no mundo judeu. Mas fique tranqüilo, meu caro abade, dou-lhe minha palavra como monsenhor Lantaigne não será bispo de Tourcoing. Tenho influência bastante nos gabinetes para cortar-lhe as asas... Ouça bem, Guitrel: eu não tinha dinheiro quando comecei a vida. Mas fiz relações. As relações valem quase tanto quanto a fortuna. Tenho-as muitas e boas. Cuidarei que esse senhor abade Lantaigne se estrepe no Ministério. Aliás, minha mulher tem um candidato ao bispado de Tourcoing. E esse candidato, Guitrel, é o senhor.

Ante essas palavras, o abade Guitrel baixou os olhos e ergueu os braços.

– Eu, assentar-me na cadeira santificada pelo bem-aventurado Loup e por tantos piedosos apóstolos das Gálias setentrionais! Madame Worms-Clavelin teve essa idéia?

– Meu caro Guitrel, ela quer vê-lo cingir a mitra. E eu lhe asseguro que ela é bem capaz de fazer um bispo. Quanto a mim, não me aborrecerá dar à República um bispo republicano. Fica entendido, meu caro Guitrel: vá ver o arcebispo e o núncio; minha mulher e eu faremos agir os gabinetes.

E monsenhor Guitrel murmurava, de mãos postas:

– A sé antiga e venerável de Tourcoing!

– Um bispado de terceira classe, um buraco, meu caro abade. Mas há que começar. Olhe! Sabe onde iniciei na administração? Em Céret! Fui subprefeito de Céret, nos Pireneus Orientais! Quem diria... Mas estou perdendo meu tempo em bravatas... Boa tarde, monsenhor.

O prefeito estendeu a mão ao padre. E monsenhor Guitrel foi-se pela tortuosa Rue des Tintelleries, humilde, os ombros encurvados, matutando manobras engenhosas, prometendo a si mesmo, no dia em que vestisse a mitra e empunhasse a cruz, resistir, como príncipe da Igreja, ao governo civil, combater os franco-maçons, lançar o anátema sobre os princípios do livre-pensamento, da República e da Revolução.

9

Um artigo do *Libéral* fez saber à cidade de... que havia nela uma profetisa. Era a senhorita Claude Deniseau, filha de um agente de colocação para domésticas vindas do campo. Até a idade de 17 anos, a senhorita Deniseau não dera a perceber ao observador mais atento qualquer perturbação de seu juízo ou de sua sanidade. Era uma rapariga loura, gorda, atarracada, nem bonita nem feia, mas agradável e de índole jovial. Recebera, dizia o *Libéral*, uma educação burguesa, e era devota sem exageros. Ao completar 18 anos, no dia 3 de fevereiro de 189..., às seis horas da tarde, ocupada em pôr a mesa do jantar, pareceu-lhe ouvir a voz de sua mãe que lhe dizia: "Claudine, vai ao seu quarto." Ela obedeceu e viu, entre a cama e a porta, uma luz muito viva, e ouviu uma voz que partia dessa luz: "Claudine", dizia a voz, "é preciso que este país faça penitência. Assim se evitarão grandes males. Eu sou Santa Radegonda, rainha da França." A senhorita Deniseau distinguiu, então, na claridade, um rosto luminoso e como que transparente, que trazia uma coroa de ouro e pedras preciosas.

Desde então, Santa Radegonda vinha todos os dias conversar com a senhorita Deniseau, a quem revelava segredos e fazia profecias. Havia previsto as geadas que queimaram as vinhas em flor, e revelado que monsenhor Rieu, vigário de Sainte-Agnés, não veria as festas pascais. O reverendo monsenhor Rieu morreu, com efeito, na quinta-feira santa.

Anunciava sem cessar para a República e para a França catástrofes terríveis e iminentes, incêndios, inundações, massacres. Mas Deus, cansado de punir o povo infiel, lhe concederia, por fim, com um rei, a paz e a prosperidade. A santa diagnosticava e curava as doenças. Sob sua inspiração, a senhorita Deniseau indicara ao cantoneiro Jobelin uma pomada que o havia aliviado de uma artrite do joelho. Jobelin pôde então retornar ao seu trabalho.

Tais prodígios atraíram uma multidão de curiosos ao apartamento ocupado pela família Deniseau, à Place Saint-Exupère, em cima da repartição dos carris. A moça foi examinada por eclesiásticos, por oficiais reformados e por doutores em medicina. Dizia-se notar que, quando ela repetia as palavras de Santa Radegonda, sua voz tornava-se mais grave, sua fisionomia, mais severa, e que os seus membros se enrijeciam. Reparavam ainda que ela empregava expressões que não são habituais a uma adolescente, e que suas palavras não se explicavam de um modo natural.

O prefeito Worms-Clavelin, a princípio indiferente e sarcástico, logo passou a acompanhar com inquietação o extraordinário sucesso da iluminada, que anunciava o fim da República e o retorno da França à monarquia cristã.

O senhor Worms-Clavelin tomara posse por ocasião dos escândalos do Eliseu, sob o presidente Grévy. Assistira depois àqueles casos de corrupção sucessivamente abafados e sempre renovados, com grande dano para o Parlamento e para os poderes públicos. E o espetáculo, que lhe parecia natural, imprimira-lhe no espírito um profundo sentimento de indulgência, que ele estendia a todos os seus subordinados. Um senador e dois deputados do seu departamento achavam-se sob a ação de processos judiciais. Figuras das mais influentes do partido, engenheiros e financistas, estavam na prisão ou foragidos. Nessa conjuntura, satisfeito com a afeição do povo ao regime republicano, não exigia deles zelos ou escrúpulos que a ele próprio pareciam sentimentos antiquados e símbolos vãos de uma era desaparecida. Os acontecimentos haviam-lhe alargado a inteligência naturalmente estreita. A imensa ironia das coisas havia-lhe permeado o espírito e o tornado maleável, bem-humorado e complacente. Verificando, de resto, que os comitês eleitorais constituíam a única autoridade real que ainda subsistia no departamento, ele lhes obedecia com zelo aparente e íntima resistência. Se executava suas ordens, não deixava de atenuar-lhes de muito o rigor. Enfim, de oportunista ele se tornara liberal e progressista. De boa vontade deixava falar e deixava fazer. Mas era bastante sagaz para reprimir qualquer excesso intolerável, e cuidava, como honesto funcionário, que o governo não sofresse qualquer insulto gritante, e que os ministros pudessem gozar em paz aquela comum indiferença que, dominando tanto amigos como inimigos, assegurava, ao mesmo tempo, sua força e sua tranqüilidade.

Agradava-lhe que tanto os jornais do governo como os da oposição, comprometidos uns e outros em negociatas financeiras, tivessem perdido todo o crédito para o louvor ou para a injúria. A folha socialista, só ela inatacável, era a única violenta. Mas era muito pobre; e o temor que ela inspirava impelia os espíritos a favor do governo. Era pois com absoluta sinceridade que o prefeito Worms-Clavelin informava ao ministro do Interior que a situação política no departamento era excelente. E eis que a profetisa da Place Saint-Exupère vinha perturbar esse feliz estado de coisas. Ela anunciava, sob os ditames de Santa Radegonda, a queda do Ministério, a dissolução da Câmara, a renúncia do presidente da República e o fim do regime atolado na lama. Era muito mais violenta que o *Libéral*, e muito mais ouvida. Pois a tiragem do *Libéral* era restrita, e mademoiselle Deniseau recebia a cidade inteira. O clero, os grandes proprietários, a nobreza, a imprensa clerical inclinavam-se sobre ela e bebiam-lhe as palavras. Santa Radegonda congregava os adversários derrotados da República e reagrupava os "conservadores". Reagrupamento inofensivo, mas importuno. O senhor Worms-Clavelin receava, sobretudo, que algum jornal de Paris divulgasse o assunto. "Nesse caso", pensava, "ele assumiria as proporções de um escândalo, expondo-me à repreensão do ministro." Decidiu procurar o meio mais suave de fazer calar a senhorita Deniseau e, como primeiro passo, procurou informar-se sobre a moralidade dos pais dela.

A família paterna não era bem-vista na cidade. Os Deniseau eram gente sem importância. O pai da senhorita Deniseau mantinha uma agência de empregos cuja fama não era melhor ou pior que a de outras agências de empregos. Patrões e criadas queixavam-se, mas recorriam a ela. Em 1871, Deniseau fizera proclamar a Comuna na Place Saint-Exupère. Mais tarde, quando da expulsão de três dominicanos *manumilitari*, resistira à gendarmaria e fora preso. Depois disso, apresentara-se às eleições municipais como socialista e obtivera um número diminuto de votos. Tinha a cabeça quente e o espírito fraco. Era tido como honesto.

A mãe era uma Nadal. Mais considerados que os Deniseau, os Nadal eram pequenos proprietários agrícolas, todos com boa reputação. Uma Nadal, tia da senhorita Deniseau, sujeita a alucinações, estivera internada durante alguns anos em uma casa de saúde. Os Nadal eram devotos e tinham ligações clericais. O senhor Worms-Clavelin nada mais pôde apurar.

Certa manhã, ele conversou sobre o assunto com o secretário-geral, o senhor Lacarelle, que pertencia a uma família antiga na região e conhecia bem o departamento.

– Meu caro Lacarelle, é preciso acabar com essa loucura. Pois é evidente que a senhorita Deniseau é louca.

Lacarelle respondeu gravemente, não sem um toque de arrogância inerente aos seus longos bigodes louros:

– Senhor prefeito, nesta questão as opiniões se dividem, e muita gente crê que a senhorita Deniseau goza de juízo perfeito.

– Vamos, Lacarelle, o senhor não acredita que Santa Radegonda vem todas as manhãs conversar com ela e arrastar na lama o chefe de Estado com todo o governo.

Lacarelle era de opinião que havia exagero, que pessoas mal-intencionadas exploravam uma manifestação extraordinária. Com efeito, era extraordinário o modo que a senhorita Deniseau receitava remédios soberanos para doenças incuráveis; ela havia curado o cantoneiro Jobelin e um antigo bedel de nome Favru. E não era tudo. Ela anunciava acontecimentos que se davam tal como predito.

– Posso testemunhar-lhe um fato, senhor prefeito. Na semana passada, a senhorita Deniseau disse: "Há um tesouro escondido no campo Faifeu, em Noisellees." Escavaram o local indicado e ali descobriram uma grande laje de pedra que tapava a abertura de um subterrâneo.

– Mas, mais uma vez – exclamou o prefeito –, não é admissível que Santa Radegonda...

Interrompeu-se, pensativo e curioso. Ele ignorava profundamente a hagiografia da Gália cristã e as tradições nacionais. Mas estudara na escola um pouco de história. Fez um esforço para evocar suas recordações de adolescente:

– Santa Radegonda. Não é a mãe de São Luís?

O senhor Lacarelle, que tinha maiores luzes, não hesitou mais que um instante:

– Não – disse. – A mãe de São Luís é Branca de Castela. Santa Radegonda é uma rainha mais antiga.

– E então! É inadmissível que ela venha fazer mexericos no distrito. E o senhor, meu caro Lacarelle, deve fazer entender ao pai... quero dizer, a esse Deniseau, que o melhor que ele tem a fazer é aplicar na filha umas boas palmadas e trancá-la à chave.

Lacarelle cofiou seus bigodes gauleses:

– Senhor prefeito, eu lhe aconselho que vá ver essa jovem Deniseau. Ela é interessante. Ela lhe dará uma sessão particular, absolutamente privada.

– Nem pense nisso, Lacarelle! Eu, procurar uma pirralha para ouvir que o meu governo se afunda na lama!

O prefeito Worms-Clavelin não era um crédulo. Não considerava as religiões senão sob o ponto de vista administrativo. Não herdara qualquer crença de seus pais, alheios a todas as superstições como a todos os territórios. Seu espírito não recebera de nenhum solo um alimento ancestral. Permanecia vazio, incolor e liberto. Por incapacidade metafísica e por instinto de ação e de posse, restringia-se à realidade palpável e se acreditava, de boa-fé, positivista. Tendo em dias passados bebido cerveja nos cafés de Montmartre com químicos politiqueiros, conservara um respeito confiante pelos métodos científicos, que preconizava por sua vez aos mestres maçons em suas lojas. Agradava-lhe dourar com um belo aspecto de sociologia experimental suas intrigas políticas e seus expedientes administrativos. E tanto mais apreciava a ciência quanto mais ela podia servir aos seus fins. "Eu professo", declarava com sinceridade, "essa fé absoluta nos fatos que caracteriza o sábio, o sociólogo." E era por crer exclusivamente nos fatos e por fazer profissão de positivismo que o caso da vidente começava a perturbá-lo.

O senhor Lacarelle lhe dissera: "Essa jovem curou um cantoneiro e um bedel. Isto são fatos. Ela indicou o lugar onde se descobriria um tesouro, e, com efeito, encontrou-se nesse lugar o alçapão de um subterrâneo. Isto é um fato. Ela predisse a queima dos vinhedos. É um fato." O prefeito

 Worms-Clavelin tinha a noção do ridículo e o senso do

absurdo, mas a palavra *fato* exercia um efeito poderoso em sua mente; e vagamente lhe acudia à memória que médicos como Charcot haviam observado nos hospitais doentes dotados de faculdades extraordinárias. Lembrava certos fenômenos singulares de histeria e casos de dupla visão. Perguntava-se se a senhorita Deniseau não seria uma histérica bastante interessante para confiá-la aos médicos alienistas, que assim desembaraçariam dela a cidade.

Pensava:

"Eu poderia ordenar *ex-officio* a internação dessa jovem em um asilo de alienados, como a de qualquer pessoa cujo estado de alienação comprometa a ordem pública e a segurança da população; mas os adversários do regime gritariam como leitões, e já posso ouvir o advogado Lerond acusando-me de seqüestro arbitrário. É preciso desenredar a intriga, se é que os clericais do distrito teceram uma. Pois não se pode tolerar que uma senhorita Deniseau se faça informar diariamente por Santa Radegonda que a República se afoga na lama. Atos deploráveis foram cometidos, reconheço. Mudanças parciais se impõem, especialmente na representação nacional, mas o regime é ainda bastante forte, graças a Deus, para que eu o apóie."

10

Sentados em um banco da alameda, o abade Lantaigne, superior do seminário, e monsieur Bergeret, docente da Faculdade de Letras, palestravam segundo seu costume de verão. Em tudo e por tudo tinham diferentes maneiras de sentir; jamais houve dois homens tão opostos em espírito e feitio. Mas só eles na cidade se interessavam por idéias gerais. Era esse traço comum que os unia. Filosofando sob os quincôncios quando fazia bom tempo, eles se consolavam, um, das tristezas do celibato, o outro, dos percalços da família, e ambos de suas contrariedades profissionais e da sua igual impopularidade.

Naquele dia, do banco que ocupavam, viam o monumento a Joana d'Arc ainda coberto por um oleado. Tendo a Donzela pernoitado uma vez na cidade, na hospedaria de uma honesta senhora chamada La Gausse, a municipalidade, em 189..., encomendara, com o apoio do Estado, um monumento comemorativo do evento. Dois artistas, filhos da terra – um escultor, o outro arquiteto –, executaram a obra: um alto pedestal onde se erguia a virgem "armada e pensativa".

A data da inauguração estava marcada para o domingo próximo. O ministro da Instrução Pública era esperado. Contava-se com uma generosa distribuição de condecorações e palmas acadêmicas. Os burgueses dirigiam-se à alameda para contemplar a tela que recobria a figura de bronze e o bloco de pedra. Os forasteiros aboletavam-se sobre as muralhas. Nas barracas armadas sob os quincôncios os vendedores pregavam faixas com inscrições: *Legítima cerveja Joana d'Arc. Café da Donzela.*

Vendo aquilo, monsieur Bergeret observou que era digna de admiração aquela afluência de cidadãos reunidos para homenagear a libertadora de Orleães.

– O arquivista do departamento – acrescentou ele –, o senhor Mazure, distinguiu-se da multidão. Compôs uma memória para demonstrar que a famosa tapeçaria histórica que representa a entrevista de Chinon não foi confeccionada por volta de 1430 na Alemanha, como se acreditava, mas saiu nessa época de algum ateliê da França flamenga. Ele

 submeteu suas conclusões ao senhor prefeito Worms-

Clavelin, que as classificou de eminentemente patrióticas e as aprovou, manifestando a esperança de ver o autor da descoberta recebendo as insígnias de oficial da Academia diante da estátua de Joana. Comenta-se também que, em seu discurso de inauguração, o senhor prefeito dirá, com os olhos voltados para os Vosges, que Joana d'Arc é uma filha da Alsácia-Lorena.

O abade Lantaigne, pouco sensível a gracejos, nada respondeu e conservou a fisionomia grave. Considerava as homenagens a Joana d'Arc louváveis, em princípio. Ele mesmo, dois anos atrás, pronunciara em Saint-Exupère o panegírico da Donzela ressaltando na heroína a francesa virtuosa e a boa cristã. Não via como objeto de chacota uma solenidade que era a glorificação da pátria e da fé. Lamentava somente, patriota e cristão, que o bispo com seu clero não ocupasse lugar de destaque.

– O que assegura – disse ele – a continuidade da pátria francesa não são nem seus reis, nem os presidentes da República, nem os governadores de província, nem os prefeitos, nem os oficiais da Coroa, nem os burocratas do regime atual; é o episcopado que, desde os primeiros apóstolos das Gálias até o dia de hoje, tem subsistido sem interrupção, sem mudança, sem diminuição, e forma por assim dizer a trama sólida da história da França. O poder dos bispos é espiritual e estável. Os poderes dos reis, legítimos mas transitórios, são caducos desde o seu nascimento. Não é da sua duração que depende a da pátria. A pátria é espírito, e está toda contida no vínculo moral e religioso. Mas, ausente em corpo das festas que aqui se preparam, o clero estará presente em espírito e em verdade. Joana d'Arc é nossa, e é em vão que os infiéis nos têm tentado roubá-la.

Monsieur Bergeret – No entanto é muito natural que aquela rapariga simples, transformada no símbolo do patriotismo, seja reivindicada por todos os patriotas.

MONSENHOR LANTAIGNE – Não posso conceber, como já disse, a pátria sem a religião. Todo dever vem de Deus, o dever do cidadão tanto quanto os demais. Sem Deus, todos os deveres perecem. Se é um direito e um dever defender contra o estrangeiro o solo natal, não é em virtude de um pretenso direito das gentes que jamais existiu, mas em conformidade com a vontade de Deus. Essa conformidade é manifesta nas histórias de Jael e de Judite. Ela resplandece no Livro dos Macabeus. E pode ser descoberta nos feitos da Donzela.

MONSIEUR BERGERET – Então acredita, senhor abade, que Joana d'Arc recebeu sua missão do próprio Deus? Neste tocante há que enfrentar numerosas objeções. Não lhe mencionarei senão uma, pois que esta subsiste na ordem das suas crenças. Ela diz respeito às vozes e às aparições que se manifestaram à camponesa de Domrémy. Aqueles que admitem que Santa Catarina verdadeiramente se mostrou à filha de Jacquot d'Arc, em companhia de São Miguel e de Santa Margarida, se mostrarão assaz embaraçados, imagino, ao ser-lhes demonstrado que essa Santa Catarina de Alexandria jamais existiu, e que sua história não passa em realidade de um romance grego bastante ruim. Ora, essa prova foi apresentada desde o século XVII, não pelos libertinos da época, mas por um sábio doutor da Sorbonne, Jean de Launoy, homem pio e de bons costumes. O judicioso Tillemont, tão submisso à Igreja, rejeitou como fábula absurda a biografia de Santa Catarina. Não acha isso embaraçoso, senhor abade, para os que crêem que as vozes de Joana d'Arc vinham do céu?

MONSENHOR LANTAIGNE – O martirológio, senhor, por venerável que seja, não é artigo de fé; e é lícito, a exemplo do doutor de Launoy e de Tillemont, pôr em dúvida a existência de Santa Catarina de Alexandria. De minha parte, não chego a tal extremo, e considero temerária uma negação tão radical. Reconheço que a biografia da santa nos veio do Oriente sobrecarregada de circunstâncias fabulosas, mas creio que essas filigranas tenham sido bordadas sobre um fundamento sólido. Nem Launoy nem Tillemont são infalíveis. Não é certo que Santa Catarina jamais tenha existido, e se porventura a prova histórica fosse apresentada, ela cairia ante a prova teológica em contrário, resultante das aparições miraculosas da santa constatadas pelo Ordinário e solenemente reconhecidas pelo papa. Porque é necessário, em suma, que as verdades de ordem científica cedam passo às verdades de ordem superior. Mas nós ainda não estamos no ponto de conhecer a opinião da Igreja sobre as aparições da Donzela. Joana d'Arc não está inscrita no cânon dos santos, e os milagres operados por ela ou para ela são sujeitos a discussão: eu não os nego nem os afirmo, e é uma visão puramente humana que me leva a discernir na história dessa maravilhosa jovem o braço de Deus estendido sobre a França. Em verdade, é uma visão forte e pungente.

MONSIEUR BERGERET – Se bem o compreendo, senhor abade, o senhor não considera um milagre comprovado o episódio singular de Fierbois, quando Joana apontou, dizem, uma espada oculta na parede. Nem está convencido de que a Donzela tenha, como ela própria afirmou, ressuscitado uma criança em Lagny. De minha parte, segundo as idéias que o senhor já conhece, atribuo a esses dois fatos uma significação natural. Suponho que a espada estivesse chumbada à parede da Igreja como ex-voto, e por conseqüência visível. Quanto à criança que a Donzela ressuscitou no momento de administrar-lhe o batismo, e que voltou a morrer depois de ter sido suspensa sobre a pia, limito-me a recordar-lhe que havia próximo de Domrémy uma Nossa Senhora dos Aviots que tinha a especialidade de reanimar por algumas horas os natimortos. Desconfio que a lembrança de Nossa Senhora dos Aviots não fosse estranha às ilusões que Joana d'Arc alimentava quando acreditou, em Lagny, ter feito reviver um recém-nascido.

MONSENHOR LANTAIGNE – Há muito de incerteza nessas explicações, senhor. E, em vez de adotá-las, prefiro suspender meu julgamento, que pende, confesso, para o lado do milagre, pelo menos no que tange à espada de Santa Catarina. Pois os textos são formais: a espada estava *dentro* da parede, e foi preciso escavar para encontrá-la. Tampouco é impossível que Deus, pelas doces preces de uma virgem, haja insuflado a vida em uma criança que morreu sem ter recebido o batismo.

MONSIEUR BERGERET – O senhor falou, senhor abade, das "doces preces de uma virgem"; admite então, em conformidade com as crenças da Idade Média, que houvesse na virgindade de Joana d'Arc uma virtude, uma força especial?

MONSENHOR LANTAIGNE – Evidentemente, a virgindade é agradável a Deus, e Jesus Cristo se compraz no triunfo de suas virgens. Uma donzela desviou, de Lutécia, Átila e os seus hunos, uma donzela libertou Orleães e fez sagrar o rei legítimo em Reims.

Ouvindo essas palavras do padre, monsieur Bergeret as adotou, de certa forma:

– É isso! – disse. – Joana d'Arc foi uma mascote.

Mas o abade Lantaigne não ouviu. Levantou-se e disse:

– A missão da França na cristandade não está cumprida. Pressinto que bem cedo Deus se servirá ainda desta nação, que foi de todas a mais fiel e a mais infiel.

– Daí – replicou monsieur Bergeret – vermos surgirem profetisas como nos tempos desditosos de Carlos VII. E a nossa cidade abriga uma que começa com maior felicidade do que Joana, uma vez que a filha de Jacquot era tida como louca por seus pais, enquanto a senhorita Deniseau tem em seu próprio pai um discípulo. No entanto, não creio que sua sorte seja grandiosa ou durável. Ao nosso prefeito, o senhor Worms-Clavelin, falta uma certa polidez, mas ele é menos simplório do que Baudricourt e não é mais costume que os chefes de Estado concedam audiência aos iluminados. O senhor Félix Faure não receberá do seu confessor o conselho de pôr a senhorita Deniseau à prova. Depois disso o senhor poderá responder-me, senhor abade, que a ação de Bernadette de Lourdes é mais forte em nossos dias do que jamais foi a de Joana d'Arc. Esta derrotou algumas centenas de ingleses esfaimados e desatinados; Bernadette movimentou incontáveis peregrinos e atraiu milhares a uma montanha dos Pireneus. E o meu venerável amigo senhor Pierre Laffitte me assegura que entramos na era da filosofia positiva!

– No que toca a Lourdes – disse o abade Lantaigne –, sem fazer-me de espírito forte nem descambar em excessiva credulidade, reservo meu juízo sobre um ponto que a Igreja não decidiu. Mas desde já vejo na afluência de peregrinos um triunfo da religião, da mesma forma que o senhor vê nela uma derrota da filosofia materialista.

11

O Ministério tinha caído. O prefeito Worms-Clavelin não sentia diante disso nenhum pesar ou surpresa. Sempre achara-o por demais agitado e por demais agitador, suspeito, não sem razão, aos olhos da agricultura, do grande comércio e da pequena poupança. Sem perturbar a feliz indiferença das massas, aquele Gabinete exercera, para desgosto do prefeito, uma influência daninha sobre a franco-maçonaria em que, havia 15 anos, toda a vida política do departamento se congregava e continha. O prefeito Worms-Clavelin pudera transformar as lojas maçônicas do departamento em agências incumbidas da designação prévia dos candidatos aos empregos públicos, aos cargos eletivos e aos favores governamentais. Exercendo assim atribuições amplas e precisas, as lojas, tanto as oportunistas quanto as radicais, aliavam-se, confundiam-se em uma ação comum e manipulavam de comum acordo a matéria republicana. O prefeito, feliz de ver a ambição de uns moderar os desejos de outros, recrutara, sob as indicações combinadas das lojas, uma equipe de senadores, de deputados, de conselheiros municipais e de agentes fiscais igualmente devotados ao regime, e de opiniões suficientemente diversas e suficientemente moderadas para contentar e tranqüilizar todos os grupos republicanos, afora os socialistas. O prefeito Worms-Clavelin estabelecera esse concerto. E eis que o Ministério radical tinha vindo romper uma tão venturosa harmonia.

Quisera a fatalidade que o titular de uma Pasta sem importância (Agricultura ou Comércio) atravessasse o departamento e se detivesse algumas horas na capital. Bastara-lhe proferir em uma assembléia um discurso filosófico e moral para agitar todas as assembléias, dividir as lojas, desunir os irmãos e levantar o cidadão Mandar, farmacêutico da Rue Culture, venerável da Nova Aliança, radical, contra o senhor Tricoul, viticultor em Tournelles, venerável da Santa Amizade, oportunista.

No íntimo, o senhor Worms-Clavelin tinha contra o Ministério caído outra queixa: a de haver distribuído palmas acadêmicas e conferido a Ordem do Mérito Agrícola tão-somente aos radicais socialistas, e em profusão, roubando assim ao prefeito a vantagem de governar com as condecorações, por meio de promessas morosamente seguidas de efeito. O prefeito exprimia com precisão seu pensamento murmurando sozinho em seu gabinete estas palavras amargas: "Se eles pensavam fazer política sublevando minhas lojas e pregando minhas palmas, tão úteis, o rabo de todos os lulus do departamento, meteram os pés pelas mãos!"

Isso posto, recebeu sem desprazer a queda do Ministério.

No mais, essas mudanças previstas nunca o surpreendiam. Sua política administrativa era toda fundada na consideração de que os ministros passam. Ele se dava ao cuidado de jamais servir a um ministro do Interior com excessivo zelo. Abstinha-se de agradar exageradamente a quem quer que fosse, e evitava todas as ocasiões de dispensar favores. Essa discrição, guardada ao longo de todo um Ministério, garantia-lhe a simpatia do seguinte, dessa forma suficientemente predisposto a acolher seu zelo medíocre, que se transformava em credencial em favor de um terceiro Gabinete. O prefeito Worms-Clavelin administrava pouco, correspondia-se sucintamente com a Place Beauvau, acomodava os burocratas, e permanecia.

Em seu gabinete, onde penetravam pelas janelas entreabertas o aroma dos lilases floridos e o pipilar dos pardais, ele pensava, com disposição doce e tranqüila, no arrefecimento lento dos escândalos que por duas vezes deveriam ter derrubado os cabeças do partido. Vislumbrava o dia, ainda distante, em que seria possível recomeçar os negócios. Refletia que, a despeito de dificuldades passageiras, e apesar da discórdia desastradamente insuflada nas lojas maçônicas e nos comitês eleitorais, ele teria boas eleições municipais. Os intendentes eram esplêndidos nessa região agrícola. As populações eram tão condescendentes que os dois deputados que, envolvidos em negociatas diversas, respondiam a processos judiciais haviam conservado, não obstante, toda a influência nas suas circunstâncias. Dizia-se que o escrutínio não teria produzido resultados tão favoráveis. Pensamentos quase filosóficos ocorriam-lhe ao espírito sobre a facilidade com que se governam os homens. Ele tinha a visão difusa daquele rebanho humano deixando-se conduzir e arrastando sob a vigilância do pastor sua inesgotável e taciturna docilidade.

O senhor Lacarelle entrou no gabinete, com um jornal na mão:

– Senhor prefeito, a demissão dos ministros, aceita pelo presidente da República, está publicada no *Officiel*.

O prefeito Worms-Clavelin prosseguiu languidamente no seu devaneio, e o senhor Lacarelle ergueu seus longos bigodes gauleses e revirou as pupilas de porcelana azul, em sinal de que ia exprimir um pensamento, como de fato fez:

– A queda do Ministério é interpretada de diferentes maneiras.

– Verdade? – perguntou o prefeito, que não escutava.

– Que me diz, senhor prefeito? Não se pode negar que a senhorita Deniseau havia predito que o ministério cairia a curto prazo.

O prefeito encolheu os ombros. Tinha bastante bom senso para imaginar que a realização de uma profecia como aquela nada tinha de extraordinário. Mas Lacarelle, com um profundo conhecimento das coisas locais, uma parvoíce maravilhosamente comunicativa e um poderoso instinto de inoportunidade, contou-lhe em seguida três ou quatro boatos recentes que corriam na cidade, com destaque especial para a história de do senhor de Gromance, a quem Santa Radegonda teria dito, em resposta ao pensamento secreto do visitante: "Tranqüilize-se, senhor conde, a criança que sua esposa carrega em seu seio é sem dúvida seu filho." Depois, Lacarelle voltou à revelação do tesouro. Haviam sido encontradas no local indicado duas moedas romanas. A busca continuava. Também tinham ocorrido curas, que o secretário-geral relatou de modo vago e prolixo.

O prefeito Worms-Clavelin escutava, estupefato. A lembrança da pequena Deniseau o afligia e perturbava. A influência da visionária sobre a massa dos habitantes lhe causava espécie. Ele receava conduzir mal seu entendimento naquele assunto de ordem psíquica. Esse receio abalava-lhe o tino, no entanto bastante firme em circunstâncias comuns. Ouvindo Lacarelle, ele teve medo de crer e, por instinto, gritou bruscamente:

– Eu não acredito nessas coisas! Não acredito!

Mas a dúvida e a inquietação o assolavam. Teve vontade de saber o que pensava, a respeito da inspirada, o abade Guitrel, que considerava ilustrado e inteligente. Era precisamente a hora em que ele encontraria o abade na loja do ourives. Dirigiu-se à casa de Rondonneau Júnior e o viu no depósito dos fundos, a pregar um caixote, enquanto o abade Guitrel examinava um vaso de cobre com um longo pé e uma tampa arredondada.

– Um belo cálice, não é, senhor abade?

– É um cibório, senhor prefeito, um cibório, vaso destinado *ad ferendos cibos*. Com efeito, o cibório encerra as santas hóstias, o alimento da alma. Outrora guardava-se o cibório dentro de uma pomba de prata suspensa sobre as pias batismais, os altares ou os túmulos dos mártires. Este aqui é ornado no estilo do século XIII. Um estilo austero e magnífico, muito apropriado, senhor prefeito, ao mobiliário religioso, e particularmente aos vasos sagrados.

O senhor Worms-Clavelin não escutava o padre, de quem observava o perfil inquieto e prudente. "Este aqui", pensava ele, "vai me contar sobre a inspirada e sobre Santa Radegonda." E o representante departamental da República já retesava o espírito, aguçava a mente, para não parecer bronco de inteligência, supersticioso e crédulo diante de um eclesiástico.

– Sim, senhor prefeito – dizia o abade Guitrel –, foi nosso prezado senhor Rondonneau Júnior quem compôs, com base em documentos antigos, esta bela peça de ourivesaria. Inclino-me a crer que não fariam melhor na Place Saint-Sulpice, em Paris, onde se encontram os melhores ourives.

– A propósito, senhor abade, que me diz da inspirada que surgiu nesta cidade?

– Que inspirada, senhor prefeito? Fala dessa pobre moça que pretende ter comunicação com Santa Radegonda, rainha da França? Ai de nós, senhor, não poderia ser a piedosa esposa de Clotário quem dita a essa infeliz criança disparates de toda espécie, rapsódias que, não sendo conformes ao bom senso, não o são tampouco à teologia. Baboseiras, senhor prefeito, baboseiras!

O senhor Worms-Clavelin, que preparara algumas sutis ironias sobre a credulidade dos padres, ficou mudo.

– Com certeza – prosseguiu monsenhor Guitrel sorrindo –, não se pode crer que Santa Radegonda dite essas frioleiras, essas patetices, essas declarações levianas, vãs, por vezes heterodoxas, que saem dos lábios dessa rapariga. A voz da santíssima Radegonda teria outro tom, não tenha dúvida.

O PREFEITO – É pouco conhecida, afinal, essa Santa Radegonda.

MONSENHOR GUITREL – Engano seu, senhor prefeito, engano seu! Santa Radegonda, venerada por toda a catolicidade, é objeto de uma devoção especial na diocese de Poitiers, que foi um dia testemunha de seus méritos.

O PREFEITO – Sim, como diz, senhor abade, especial...

MONSENHOR GUITREL – Os próprios infiéis contemplaram com admiração essa grande figura. Que quadro sublime, senhor prefeito! Após seu irmão ser assassinado por seu marido, a ilustre esposa de Clotário vai a Noyon, procura o bispo Medardo, a quem pede que a consagre ao Senhor. São Medardo, surpreso, hesita; invoca a indissolubilidade do matrimônio. Mas Radegonda cobre a própria cabeça com o véu das reclusas e ajoelha-se aos pés do pontífice que, vencido pela santa obstinação da rainha e provocando a cólera do feroz monarca, oferece a Deus a bem-aventurada vítima.

O PREFEITO – Mas, senhor abade, aprova então que um bispo desafie, como aquele, o poder civil, apoiando a revolta da esposa do soberano? Com os diabos! Se são estas as suas idéias, agradeceria que me dissesse.

MONSENHOR GUITREL – Ai de mim, senhor prefeito, eu não possuo, como o beato Medardo, as luzes da santidade para discernir, em circunstâncias extraordinárias, a vontade de Deus. Hoje, felizmente, as regras a que deve obedecer um bispo perante o poder civil são traçadas com precisão. E espero que o senhor prefeito se lembre, ao falar de mim, a propósito do bispado de Tourcoing, aos seus amigos do Ministério, que eu reconheço todas as obrigações resultantes da Concordata. Mas por que misturar minha humilde pessoa àqueles grandes episódios da história? Santa Radegonda, revestida do véu das diaconisas, fundou o Mosteiro de Sainte-Croix, em Poitiers, onde viveu por mais de cinqüenta anos nas práticas de um rigoroso ascetismo. Ela observava os jejuns e as abstinências de um modo tão estrito...

O PREFEITO – Senhor abade, guarde essas histórias para os seus seminaristas. O senhor não crê que Santa Radegonda se comunique com a menina Deniseau. Eu o felicito por isso. E desejaria que todos os sacerdotes do departamento fossem tão razoáveis quanto o senhor. Basta, porém, que essa histérica, pois ela é uma histérica, ataque o governo, para que todos os curas venham em bando escutá-la boquiabertos, e aplaudam todas as torpezas que ela cospe.

MONSENHOR GUITREL – Ah, eles se reservam, senhor prefeito, eles se reservam. A Igreja lhes ensina a guardar extrema prudência no tocante a qualquer fato que apresente a aparência de um milagre. E de minha parte lhe asseguro que desconfio profundamente de novidades prodigiosas.

O PREFEITO – Diga-me, cá entre nós: o senhor não acredita em milagres, senhor abade?

MONSENHOR GUITREL – Em milagres que não sejam devidamente comprovados não me fio muito, com efeito.

O PREFEITO – Nós estamos sós. Confesse, vamos, que não existem milagres, que jamais existiram e jamais poderão existir.

MONSENHOR GUITREL – Muito ao contrário, senhor prefeito, o milagre é possível, é reconhecível, é útil à confirmação da doutrina, e sua utilidade é demonstrada pela conversão dos povos.

O PREFEITO – Mas reconhece, em suma, que é ridículo acreditar que Santa Radegonda, que viveu na Idade Média...

MONSENHOR GUITREL – No século VI, no século VI.

O PREFEITO – No século VI, perfeitamente... venha em 189... tagarelar com a filha de um agente de empregos sobre a linha política do Ministério e das Câmaras.

MONSENHOR GUITREL – As comunicações entre a Igreja triunfante e a Igreja militante são possíveis; a história tem produzido exemplos numerosos e indubitáveis. Mas, repito, não creio que a jovem de quem falamos seja favorecida com uma troca desse gênero. Suas falas não têm, diria eu, o cunho de uma revelação celeste. Tudo o que ela diz é, de certo modo...

 O PREFEITO – Uma mistificação.

MONSENHOR GUITREL – Se quiser... Ou, então, pode ser que ela esteja possessa.

O PREFEITO – Como diz? O senhor, um padre inteligente, um futuro bispo da República, acredita em possessos! É uma idéia medieval! Eu li um livro de Michelet a respeito.

MONSENHOR GUITREL – Mas, senhor prefeito, a possessão é um fato reconhecido não somente pelos teólogos, mas também pelos sábios, em sua maioria incréus. E o próprio Michelet, que o senhor acaba de citar, acreditava nos endemoninhados de Loudon.

O PREFEITO – Que idéias! São todos iguais... E se Claude Deniseau estivesse possessa, como diz...

MONSENHOR GUITREL – Então seria necessário exorcizá-la.

O PREFEITO – Exorcizá-la? Não acha, senhor abade, que isso seria ridículo?

MONSENHOR GUITREL – De modo algum, senhor prefeito, de modo algum.

O PREFEITO – Qual é o procedimento?

MONSENHOR GUITREL – Existem regras, senhor prefeito, um formulário, um ritual para essa espécie de operação, que nunca deixou de ser posta em prática. A própria Joana d'Arc foi submetida a ela, na cidade de Vaucouleurs, se não me falha a memória. O vigário de Saint-Exupère, monsenhor Laprune, seria o indicado para exorcizar a jovem Deniseau, que é uma de suas paroquianas. É um reverendo sacerdote. É verdade que ele se encontra, perante a família Deniseau, em uma situação que pode afetar seu caráter e, até certo ponto, influenciar seu espírito sábio e prudente, que a idade não debilitou, ou que pelo menos parece suportar ainda o peso dos anos e as fadigas de um longo e grave ministério. Quero dizer que os fatos interpretados por alguns como milagre tiveram lugar na paróquia desse respeitável clérigo; e o zelo de monsenhor Laprune deve ter-se desviado ante o pensamento de que a paróquia de Saint-Exupère pudesse ser a tal ponto privilegiada que uma manifestação do poder divino ali se produzisse, de preferência a todas as demais paróquias de nossa cidade. Alimentando tal esperança, ele criou, talvez, ilusões que involuntariamente deu a conhecer ao seu clero. Erro e tentação perdoáveis, à luz das circunstâncias. Com efeito, que bênção não derramaria um novo milagre sobre a igreja paroquial de Saint-Exupère! O fervor dos fiéis seria reavivado, a afluência de donativos levaria a riqueza aos recintos ilustres, mas desnudos, da antiga basílica. E o favor do cardeal-arcebispo consolaria os últimos dias de monsenhor Laprune, chegado ao termo de seu apostolado e de suas forças.

O PREFEITO – Mas, então, se bem o entendo, senhor abade, foi esse pároco caduco de Saint-Exupère, esse monsenhor Laprune, com seus vigários, que armou o golpe da Inspirada. Decididamente, são incríveis esses padres. Não se acredita em Paris, nos Gabinetes, mas é a verdade. Têm belos recursos, os padres! Então o nosso velho Laprune organizou essas sessões de espiritismo clerical, às quais compareceu toda a cidade para ouvir injuriar o Parlamento, a Presidência e a mim, pois eu bem sei que não me poupam nos conciliábulos da Place Saint-Exupère.

MONSENHOR GUITREL – Oh, senhor prefeito, longe de mim a idéia de suspeitar que o respeitável pároco de Saint-Exupère tenha urdido uma trama! Muito pelo contrário, acredito sinceramente que, se ele favoreceu de qualquer modo essa infeliz empresa, bem cedo reconheceu seu erro, e empenhará todas as suas forças em desfazer seus efeitos... No entanto, poder-se-ia, em seu próprio interesse e no interesse da diocese, tomar a dianteira e instruir Sua Eminência da realidade dos fatos, que talvez lhe sejam ainda ignorados. Advertido de tais desordens, ele, sem dúvida, lhes poria termo.

O PREFEITO – É uma idéia!... Meu caro abade, quer encarregar-se da comissão? Eu, como prefeito, devo ignorar que existe um arcebispo, exceto nos casos previstos pela lei, como os dobres e as procissões. Bem pensado, é uma situação absurda, uma vez que existem os arcebispos... Mas a política tem suas premissas. Responda-me com franqueza: o senhor tem a simpatia do arcebispado?

MONSENHOR GUITREL – Sua Eminência digna-se às vezes de escutar-me com bondade. A benevolência de Sua Eminência é extrema.

O PREFEITO – Pois bem! Diga-lhe que é inadmissível que Santa Radegonda ressuscite com a finalidade de aborrecer os senadores, os deputados e o prefeito do departamento, e que, no interesse da Igreja como no da República, é tempo de calar o bico da esposa do feroz Clotário. Diga isso a Sua Eminência.

MONSENHOR GUITREL – Em substância, senhor prefeito, eu lhe direi isso em substância.

O PREFEITO – Diga como quiser, senhor abade, mas mostre-lhe que ele deve interditar aos seus padres o acesso à casa dos Deniseau, repreender abertamente o padre Laprune, desaprovar na *Semaine Religieuse* as palavras dessa lunática e convidar oficiosamente os redatores do *Libéral* a cessarem a campanha que movem pelo sucesso de um milagre inconstitucional e anticoncordatário.

MONSENHOR GUITREL – Tentarei, senhor prefeito. Certamente, tentarei. Mas quem sou eu, modesto professor de oratória sacra, diante de Sua Eminência o cardeal-arcebispo?

O PREFEITO – Ele é inteligente, o seu arcebispo. Compreenderá que seu interesse... e a honra de Santa Radegonda, que diabo!...

MONSENHOR GUITREL – Sem dúvida, senhor prefeito, sem dúvida. Mas Sua Eminência, tão cioso dos interesses espirituais da diocese, considerará talvez que a prodigiosa afluência das almas ao pé dessa pobre menina é um sinal da necessidade de crença que atormenta as novas gerações, uma prova de que a fé está mais viva do que nunca nas massas, um exemplo, enfim, que convém propor à meditação dos homens de Estado. É possível que, com esse pensamento, Sua Eminência não se apresse em fazer cessar o prodígio, em suprimir o testemunho e o exemplo. É possível...

O PREFEITO – ... que nos faça de bobos. Ele é bem capaz.

MONSENHOR GUITREL – Oh! senhor prefeito, esta é uma suposição sem fundamento! Mas quão mais fácil e mais promissora seria minha missão se, como a pomba da arca, eu fosse portador de um ramo de oliveira, se eu fosse autorizado a dizer a Sua Eminência... oh! bem baixinho!... que o ordenado de sete pobres curas da diocese, suspenso pelo ex-ministro dos Cultos, foi restabelecido!

O PREFEITO – Toma lá, dá cá, não é isso? Pensarei no assunto... Telegrafarei a Paris e lhe darei a resposta na casa de Rondonneau Júnior. Boa tarde, senhor diplomata!

Oito dias depois dessa conferência secreta, o abade Guitrel cumprira com êxito sua missão. A iluminada da Place Saint-Exupère, desacreditada pelo arcebispo, abandonada pelo clero, renegada pelo *Libéral*, não conservava ao pé de si senão dois membros da Academia de Ciências Psíquicas, um dos quais a tinha por um objeto digno de estudo, e o outro, por uma simuladora perigosa. Livre da louca, e contente com as eleições municipais que não haviam produzido novas idéias nem novos homens, o prefeito Worms-Clavelin se rejubilava do fundo do coração.

12

O senhor Paillot era o proprietário da livraria situada na esquina da Place Saint-Exupère com a Rue des Tintelleries. As casas que circundavam a praça eram, em sua maioria, antigas; as que se encostavam à igreja ostentavam insígnias esculpidas e pintadas. Várias tinham uma empena pontuda e travejamentos aparentes na fachada. Uma delas, que conservava seus barrotes esculpidos, era uma jóia admirada pelos conhecedores. Os vigamentos eram suportados por escoras entalhadas, umas em forma de anjos empunhando escudos, outras, de monges acocorados. À esquerda da porta, ao longo de uma trave, erguia-se a figura mutilada de uma mulher, a fronte cingida por uma coroa de grandes florões. O povo da cidade dizia que era a rainha Margarida. E a casa era conhecida como "a casa da rainha Margarida".

Acreditava-se, dando fé a dom Maurice – autor de um *Trésor d'Antiquités*, impresso em 1703 –, que Margarida da Escócia habitara o palacete durante alguns meses no ano de 1438. Mas o senhor de Terremondre, presidente da Sociedade de Agricultura e Arqueologia, prova, em uma memória solidamente fundamentada, que a casa fora construída em 1488 por um notável burguês chamado Philippe Tricouillard. Os arqueólogos da cidade que conduzem os curiosos à frente da vivenda mostram-lhes, de bom grado, aproveitando o momento em que as damas estão distraídas, as armas expressivas de Philippe Tricouillard, esculpidas sobre um escudo sustentado por dois anjos. Esses brasões, que o senhor de Terremondre judiciosamente comparou aos dos Coleoni de Bérgamo, figuram na escora que se vê acima da porta de entrada, sob a padieira esquerda. As figuras são pouco distintas e somente reconhecidas por quem tenha sido advertido. Quanto à efígie de uma mulher trazendo uma coroa, com as costas contra a viga perpendicular, o senhor de Terremondre não teve dificuldade em demonstrar que se deve ver nela uma Santa Margarida. Com efeito, distinguem-se ainda aos pés da santa os restos de um corpo disforme que não é outro senão o do diabo; e o braço direito da figura principal, hoje inexistente, devia empunhar o aspersório que a beata brandia sobre o inimigo do gênero humano. Explica-se a presença ali de Santa Margarida depois que o senhor Mazure, arquivista do departamento, trouxe a lume uma peça estabelecendo que no ano de 1488 Philippe Tricouillard, então com cerca de 70 anos de idade, havia desposado pouco antes Marguerite Larrivée, filha do meirinho. Por uma confusão que não chega a surpreender, a padroeira celeste de Marguerite Larrivée foi tomada pela jovem princesa da Escócia cuja estada na cidade de... deixou marcada sua lembrança. Poucas mulheres legaram uma memória de maior piedade do que essa delfina morta aos 20 anos exalando este suspiro: "Sai, vida!"

A casa do senhor Paillot, livreiro, é contígua à casa da rainha Margarida. A princípio, tinha sido construída no estilo da sua vizinha, e o madeiramento aparente não fora menos curiosamente esculpido. Mas, em 1860, o senhor Paillot pai, livreiro do arcebispado, a pôs abaixo para reconstruí-la em estilo moderno, sóbrio, sem qualquer afetação de riqueza ou de arte, cuidando todavia de lhe dar uma forma apropriada para o negócio e para a habitação. Uma árvore de Jessé, no estilo da Renascença, que cobria a altura da casa Paillot, no ângulo formado pela Place Saint-Exupère e pela Rue des Tintelleries, fora derrubada junto com o resto, mas não destruída. O senhor de Terremondre, tendo-a descoberto mais tarde em um depósito, adquiriu-a para o museu. O monumento é de bom estilo. Infelizmente, os profetas e os patriarcas que desabrochavam em cada galho como frutos maravilhosos e a Virgem, florindo no alto da árvore profética, foram mutilados pelos terroristas em 1793, e a peça sofreu novos danos em 1860, quando foi transportada para o depósito como lenha. O senhor Quatrebarbe, arquiteto diocesano, refere-se a essas mutilações em sua interessante obra *Os vândalos modernos*. "Estremece-se", diz ele, "à idéia de que essa preciosa relíquia de uma era de fé correu sob os nossos olhos o risco de ser serrada e queimada."

Expresso por um homem de tendências clericais conhecidas, esse pensamento foi vivamente criticado pelo *Le Phare*, numa nota anônima em que alguns reconheceram, com ou sem razão, a mão do arquivista departamental, o senhor Mazure. "Em vinte palavras", dizia a nota, "o senhor arquiteto diocesano nos fornece vários motivos de surpresa. O primeiro é que se possa estremecer à simples idéia da perda de um madeiro mediocremente esculpido, e tão mutilado que os detalhes não são mais perceptíveis; o segundo é que essa peça seja para o senhor Quatrebarbe, cujo espírito bem se conhece, a relíquia de uma era de fé, sendo que ela data de 1530, ou seja, do ano em que se reuniu a dieta protestante de Augsburgo; o terceiro é que o senhor Quatrebarbe omita o fato de que o precioso lenho foi posto abaixo e despachado ao depósito pelo seu próprio sogro, o senhor Nicolet, arquiteto diocesano, que em 1860 transformou a casa Paillot da maneira que se pode ver; o quarto é que o senhor Quatrebarbe ignore que foi precisamente o senhor Mazure, arquivista, quem descobriu o poste esculpido no depósito Clouzot, onde apodrecia debaixo do nariz do senhor Quatrebarbe, chamando a atenção do senhor de Terremondre, presidente da Sociedade de Agricultura e Arqueologia, para ele, que procedeu à sua aquisição para o museu."

Em seu estado atual, a casa do senhor Paillot, livreiro, apresentava uma fachada plana e branca, com seus três andares. A loja, guarnecida de um revestimento de madeira pintado de verde, ostentava, em letras douradas: "Paillot, livreiro." A vitrina era atulhada de globos terrestres e celestes de diversos tamanhos, caixas com apetrechos de matemática, missais, rosários, livros didáticos e pequenos exemplares para os oficiais da guarnição, alguns romances e memórias recentes: o que o senhor Paillot chamava livros de literatura. Uma vitrine mais estreita e menos profunda, dando para a Rue des Tintelleries, exibia as obras de agricultura e de direito, e completava assim os instrumentos necessários à vida intelectual da cidade. No interior da loja encontravam-se, sobre um balcão, obras de literatura, romance, crítica e memórias.

As "coleções de clássicos" empilhavam-se nas estantes e, bem ao fundo, ao lado da porta que abria para as escadas, havia seções reservadas aos livros antigos. Pois o senhor Paillot reunia em sua loja a livraria moderna e um sebo. Aquele desvão mal iluminado dos alfarrábios atraía os bibliófilos da região, que no passado já haviam feito achados ali. Falava-se de um certo exemplar bem conservado da edição original do *Terceiro livro de Pantagruel*, desencavado em 1871 pelo senhor de Terremondre, pai do atual presidente da Sociedade de Agricultura, na casa de Paillot, no "canto dos alfarrábios". Comentava-se ainda mais misteriosamente a respeito de um Mellin de Saint-Gelais, trazendo no verso da folha de rosto versos autógrafos de Maria Stuart, que o senhor Dutilleul, notário, teria descoberto, por volta da mesma época e no mesmo local, pagando por ele 3 francos. Desde então, porém, ninguém dava conta de qualquer descoberta maravilhosa. O canto dos alfarrábios, obscuro e ordenado, quase não mudava. Viam-se ali invariavelmente *O compêndio da história das viagens*, em 56 volumes, e tomos avulsos do Voltaire de Kehl, em formato grande. A descoberta do senhor Dutilleul, duvidosa para muitos, era negada por alguns, que argumentavam que o velho notário era bem capaz de ter mentido por vaidade, e alegavam que, após a morte do senhor Dutilleul, não fora encontrado em sua biblioteca nenhum exemplar das poesias de Mellin de Saint-Gelais. Mesmo assim, os bibliófilos da cidade, que freqüentavam a casa de Paillot, não deixavam de explorar o canto dos alfarrábios, pelo menos uma vez por mês. O senhor de Terremondre era dos mais assíduos.

Era um proprietário de terras bem relacionado, que se dedicava à criação, e era grande conhecedor em matéria de arte. Era ele quem desenhava os costumes para as cavalgadas e presidia o comitê em prol de uma estátua de Joana d'Arc, junto às Muralhas. Passava quatro meses por ano em Paris. Tinha fama de galante. Aos 50 anos, conservava a esbelteza e a elegância. Era bem visto nas três sociedades da cidade, e várias vezes haviam-lhe oferecido o cargo de deputado. Ele recusara, alegando que apreciava sua tranqüilidade e sua independência. Mas especulava-se sobre as reais razões da sua recusa.

O senhor de Terremondre havia pensado em comprar a casa da rainha Margarida para fazer dela um museu de arqueologia local e ofertá-lo à cidade. Mas a viúva Houssieu, proprietária do imóvel, não dera ouvidos às propostas que ele lhe fizera. Com mais de 80 anos, ela vivia na velha mansão, sozinha, com uma dúzia de gatos. Passava por rica e avarenta. Seria preciso esperar pela sua morte. Cada vez que entrava na loja de Paillot, o senhor de Terremondre perguntava ao livreiro:

– E a rainha Margarida, ainda é deste mundo?

E o senhor Paillot respondia que, morando enclausurada e só, naquela idade, certamente a encontrariam morta qualquer dia. Nessa expectativa, receava que ela pudesse pôr fogo à morada. Era seu terror constante. Vivia no pavor de que a velha dama fizesse arder a casa de madeira.

A viúva Houssieu despertava grande curiosidade no senhor de Terremondre. Ele se interessava por tudo que dizia e fazia aquela que ele chamava de rainha Margarida. Na última visita que ele lhe fizera, ela lhe tinha mostrado uma gravura de má qualidade da época da Restauração que representava a duquesa de Angoulême apertando contra o peito os retratos de Luís XVI e Maria Antonieta, encerrados num medalhão. Essa gravura, enquadrada numa moldura preta, estava pendurada na sala do andar térreo. A viúva Houssieu dissera, ao mostrá-la:

– É o retrato da rainha Margarida, que em outros tempos morou nesta casa.

E o senhor de Terremondre ficara a conjeturar como um retrato de Maria Teresa Carlota de França pudera passar, mesmo para os espíritos menos esclarecidos, por um retrato de Margarida da Escócia. Havia um mês que pensava no assunto.

Naquele dia, entrando na loja de Paillot, ele exclamou:

– Descobri!

E explicou ao seu amigo livreiro as razões muito plausíveis daquela surpreendente confusão.

– Veja bem, Paillot! Margarida da Escócia, tomando o lugar de Marguerite Larrivée, é confundida com Marguerite de Valois, duquesa de Angoulême, e esta princesa é por sua vez confundida com a duquesa de Angoulême, filha de Luís XVI e de Maria Antonieta. Marguerite Larrivée, Margarida da Escócia; Marguerite, duquesa de Angoulême, a duquesa de Angoulême. Estou orgulhoso desta descoberta, Paillot, é preciso especular sempre a tradição. Mas quando tomarmos posse da casa da rainha Margarida, haveremos de restaurar a memória do nosso bravo Philippe Tricouillard.

No momento dessa declaração, entrou na loja o doutor Fornerol, com sua impetuosidade habitual de infatigável visitador de padecentes que levava consigo a esperança e o reconforto. Gustave Fornerol era um homem gordo, de bigodes. Tendo se tornado dono, por herança da mulher, de uma pequena propriedade rural, afetava ares de senhor de terras e fazia suas visitas usando um chapéu mole, gibão de caça e polainas de couro. Embora sua clientela fosse toda da pequena burguesia e da população rural dos arredores, era tido como o mais competente prático da cidade.

Amigo de Paillot como de todos os seus concidadãos, ele não lhe fazia visitas inúteis, e não se demorava em conversas na livraria. Dessa vez, porém, deixou-se cair em uma das três cadeiras de palhinha que, colocadas no canto dos alfarrábios, davam à casa Paillot uma reputação de hospitalidade literária, douta, polida e acadêmica.

Ele bufou, acenou com a mão um bom-dia a Paillot, saudou o senhor de Terremondre com certa deferência e disse:

– Estou acabado!... E, então, Paillot, gostou do espetáculo de ontem? Que achou madame Paillot da peça e dos atores?

O livreiro não se pronunciou. Achava que um comerciante deve ter a discrição de não emitir opiniões em seu estabelecimento. De resto, só ia ao teatro em família, e raramente. Mas o doutor Fornerol, a quem a qualidade de médico do teatro lhe garantia as entradas, não perdia uma só representação.

Uma companhia de passagem levara na véspera *La Maréchale*, com Pauline Giry como protagonista.

– Ela é sempre magnífica, Pauline Giry – disse o doutor.

– É a opinião geral – disse o livreiro.

– Já não é lá muito jovem – comentou o senhor de Terremondre, que folheava o tomo 38 da *História geral das viagens*.

– Não, com mil diabos! – replicou o doutor. – Sabe que ela não se chama Giry?

– Seu verdadeiro nome é Girou – declarou com autoridade o senhor de Terremondre. Conheci a mãe dela, Clémence Girou. Há 15 anos, Pauline Girou era morena e bem bonita.

Passaram os três, no canto dos alfarrábios, a calcular a idade da comediante. Mas como tomavam por base dados incertos ou falsos, chegavam a resultados discordantes, às vezes absurdos, que não lhes satisfaziam.

– Estou cansado – disse o doutor. – Os senhores, depois do teatro, foram para a cama. Mas eu, à meia-noite, fui chamado à casa de um velho plantador da Côte Duroc, que sofria de uma hérnia estrangulada. O criado dele me diz: "Ele vomitou tudo o que podia vomitar. Não faz senão gritar. Ele vai morrer." Mando atrelar e corro para Côte Duroc, lá longe, no fim da vila de Tramayes. Encontro o homem deitado a uivar. Face cadavérica, vômitos estercorários. Muito bem! A mulher dele me diz: "Foi lá dentro dele que lhe deu isso."

– Tem 47 anos, Pauline Giry – disse o senhor de Terremondre.

– É bem possível – proferiu Paillot.

– Quarenta e sete, no mínimo – retrucou o doutor. – A hérnia era dupla e ruim. Muito bem! Procedo à redução pela taxe. Embora não se deva exercer mais que uma pressão muito ligeira da mão, com trinta minutos dessa manobra fica-se com as costas e os braços arrebentados. E foi só depois de cinco horas, na décima tentativa, que consegui operar a redução.

A essa altura da narrativa do doutor Fornerol o livreiro Paillot foi atender algumas senhoras que desejavam obras interessantes para ler no campo. E o doutor, dirigindo-se ao senhor de Terremondre, prosseguiu:

– Eu estava moído. Então digo ao homem: "É preciso ficar de cama, de preferência estendido de costas, até que lhe seja confeccionada uma funda conforme as minhas indicações. Fique deitado, senão terá de novo o estrangulamento! Já viu como é bom! Sem contar que um belo dia, de repente, isso pode levá-lo desta para melhor. Compreendido?" "Sim, senhor." "Muito bem." Vou ao pátio lavar-me na bomba. Como é fácil imaginar, depois daquela manobra, preciso fazer um bocado de toalete; ponho-me nu da cintura para cima e levo um quarto de hora a esfregar-me com sabão preto. Torno a vestir-me. Tomo um copo de vinho branco que me levam ao quintal. Vejo o dia amanhecer cinzento, ouço cantar a cotovia e volto ao quarto do doente. Estava escuro. Grito na direção da cama: "Então! Entendido? Imobilidade completa até chegar a nova funda. A que tem agora não vale nada. Está ouvindo?" Nada de resposta. "Está dormindo?" Então ouço atrás de mim a voz da velha que me diz: "Senhor doutor, o nosso homem não está mais em casa. Estava ansioso por ir ver sua vinha."

– Esse é bem o nosso camponês – disse o senhor de Terremondre.

Ficou pensativo, depois continuou:

– Doutor, Pauline Giry tem hoje 49 anos. Ela estreou em 1876, no Vaudeville; tinha então 22 anos. Tenho certeza.

– Nesse caso – disse o doutor –, ela estaria agora com 43, uma vez que estamos em 1897.

– Isso não é possível – disse o senhor de Terremondre –, pois ela tem pelo menos seis anos mais que Rose Max, que certamente já passou dos 40.

– Rose Max? Não duvido, mas é ainda uma bela mulher – disse o doutor.

Bocejou, espreguiçou-se e contou:

– Voltando da Côte Duroc, às seis horas, encontro em minha ante-sala dois jovens que me dizem que sua patroa, a padeira das Tintelleries, está a ponto de dar à luz.

– Mas – perguntou o senhor de Terremondre – eram precisos dois para dizer isso?

– Tinham sido mandados sucessivamente – explicou o doutor. – Pergunto-lhes se os sintomas característicos já se produziram. Eles não sabem dizer, mas um terceiro rapaz me chega no tílburi do patrão. Eu subo, sento-me ao seu lado. Fazemos meia-volta e lá vou eu rolando pelas pedras das Tintelleries.

– Já sei! – exclamou o senhor de Terremondre, que perseguia sua idéia. – Foi em 1869 que ela estreou no Vaudeville. E foi em 1876 que o meu primo Courtrai a conheceu... e freqüentou.

– Fala de Jacques de Courtrai, que foi capitão dos dragões?

– Não, falo de Agénor, que morreu no Brasil... Ela tem um filho, que saiu de Saint-Cyr no ano passado.

Assim falava o senhor de Terremondre quando monsieur Bergeret, docente da Faculdade de Letras, entrou na loja.

Monsieur Bergeret era um dos três acadêmicos da casa Paillot, e o mais assíduo conversador do canto dos alfarrábios. Folheava com mão amiga as obras antigas e novas, e ainda que jamais comprasse um livro, por medo de apanhar da mulher, recebia a melhor acolhida de Paillot, que o tinha em alta estima como repositório e alambique da ciência e das belas-letras de que vivem e lucram os livreiros.

O canto dos alfarrábios era o único lugar da cidade onde monsieur Bergeret podia deixar-se ficar com pleno contentamento, pois em casa madame Bergeret o acossava por toda parte por diversas razões de economia doméstica; na faculdade, o deão, por birra, obrigava-o a dar suas aulas num porão escuro e insalubre, para onde poucos alunos desciam; e nas três sociedades da cidade torciam-lhe o nariz por ter chamado Joana d'Arc de mascote militar.

Então, monsieur Bergeret se refugiava no canto dos alfarrábios.

– Bom dia, senhores! O que há de novo?

– A criança da padeira das Tintelleries – disse o doutor. – Eu a trouxe ao mundo faz vinte minutos. Estava para contá-lo ao senhor de Terremondre. E posso acrescentar que não foi tarefa fácil.

– Essa criança – replicou o lente – relutava em nascer. E jamais teria consentido em fazê-lo se, dotada de inteligência e previsão, pudesse conhecer o destino do homem na Terra, e particularmente em nossa cidade.

– É uma bela menina – disse o doutor –, uma bela menina com uma framboesa sob a mama esquerda.

A conversação prosseguiu entre o doutor e o senhor de Terremondre.

– Uma bela menina, com uma framboesa sob a mama esquerda, doutor? Isso faz pensar que a padeira tinha vontade de comer framboesas ao despir a camisola. O desejo da futura mãe não é suficiente para originar a imagem no fruto que ela carrega. É preciso também que a gestante toque um ponto do seu corpo. E a imagem se formará na criança, no ponto correspondente. Não é o que se crê, doutor?

– É o que acreditam as comadres – respondeu o doutor Fornerol. – E tenho conhecido homens, e até médicos, que são como mulheres nesse tocante, e partilham a credulidade das amas-de-leite. Quanto a mim, a experiência de uma longa prática, o conhecimento das observações recolhidas pelos estudiosos e, sobretudo, uma visão geral da embriogenia não me permitem adotar essa crendice popular.

– Então, segundo seu parecer, doutor, os nevos são manchas como as outras, que se formam sobre a pele sem causa conhecida.

– Um momento! Os nevos apresentam uma característica particular. Não contêm vasos sanguíneos e não são eréteis como os tumores, com os quais se poderia ser tentado a confundi-los.

– Constata-se então, doutor, que pertencem a uma espécie à parte. Não se concluiu nada quanto à sua origem?

– Absolutamente nada.

– Mas se essas manchas não são realmente "desejos", se o senhor lhes nega causa... como direi?... psíquica, não posso entender a popularidade de uma crença que se encontra na própria Bíblia, e que é compartilhada ainda por um tão grande número de pessoas. Minha tia Pastré era uma mulher muito inteligente e pouco crédula. Morreu aos 77 anos, na primavera passada, na convicção de que as três groselhas brancas marcadas na espádua da sua filha Berthe eram de origem augusta e vinham do parque de Neuilly, onde durante sua gravidez, no outono de 1834, ela foi apresentada à rainha Maria Amélia, que a levou a passear por um caminho margeado de groselheiras.

A isso o doutor Fornerol não deu resposta. Não era muito dado a contradizer as opiniões da clientela rica. Mas monsieur Bergeret, mestre da Faculdade de Letras, inclinou a cabeça sobre o ombro esquerdo e olhou ao longe, como fazia sempre que se preparava para falar. Então disse:

– Senhores, é um fato que esses sinais de nascença chamados nevos se reduzem a um pequeno número de tipos que se podem classificar, segundo a cor e a forma, em morangos, groselhas e framboesas, manchas de vinho e de café. Convém talvez acrescentar a essas variedades as manchas amarelas e difusas nas quais procuram-se reconhecer pedaços de empada ou de pastelão. Ora, como acreditar que as mulheres grávidas não tenham outros desejos que não o de beber vinho ou café com leite, ou de comer frutas vermelhas e, se quiserem, pastelão? Tal idéia ofende a filosofia natural. O desejo que, segundo certos filósofos, sozinho criou o mundo e só ele o conserva, age nelas, como em todos os seres animados, com maior extensão e maior diversidade.

Produz nelas ardores secretos, furores ocultos, agitações estranhas. Sem falar dos efeitos do seu estado particular sobre os apetites comuns a tudo o que vive e às próprias plantas, verificamos que esse estado não produz a indiferença, mas antes exaspera ou perverte os instintos mais profundos. Se o recém-nascido tivesse realmente de mostrar os sinais visíveis dos desejos de sua mãe, não haja dúvida, ver-se-ia mais de uma vez aparecerem em seu corpo imagens outras que não essas inocentes bagas e essas gotas de café com que se diverte a ingenuidade das matronas.

– Entendo – disse o senhor de Terremondre. – Considerado que as mulheres amam as jóias, muitas crianças nasceriam com safiras, rubis e esmeraldas nos dedos e braceletes de ouro nos pulsos; fios de pérolas e colares de diamantes lhes cobririam o pescoço e o peito. E a essas crianças não haveria por que escondê-las.

– Precisamente – confirmou monsieur Bergeret.

E, pegando de sobre a mesa o tomo 38 da *História geral das viagens*, onde o havia largado o senhor de Terremondre, o docente mergulhou o nariz no livro, entre as páginas 212 e 213 que, havia seis anos, cada vez que ele abria o inevitável alfarrábio, lhe apareciam fatalmente à exclusão de qualquer outra página, como um exemplo da monotonia em que se escoa a vida, como um símbolo da uniformidade dos labores e dos dias universitários e provincianos que precedem o dia da morte e a fermentação do corpo no esquife. E mais uma vez, como já fizera tantas outras, monsieur Bergeret leu no tomo 38 da *História geral das viagens* as primeiras linhas da página 212:

> uma passagem ao norte. "A este revés", diz ele, "devemos o fato de ter podido visitar de novo as ilhas Sandwich, e enriquecer nossa viagem com uma descoberta que,

embora a última, parece ser, sob muitos aspectos, a mais importante jamais realizada pelos europeus em toda a extensão do oceano Pacífico." Os preciosos dados que estas palavras pareciam anunciar infelizmente não se consubstanciaram.

E, dessa vez como das outras, a leitura dessas linhas encheu monsieur Bergeret de tristeza. Enquanto ele estava ali absorvido, o senhor Paillot, o livreiro, atendia com desdém e altivez um soldado franzino que desejava comprar 1 *sou* de papel de carta.

– Eu não vendo papel de carta em folhas avulsas – declarou o senhor Paillot, dando as costas ao soldadinho.

Depois queixou-se de Léon, seu caixeiro, que, sempre às voltas com comissões de rua, quando saía não retornava mais. Com isso, ele, Paillot, era continuamente incomodado por importunos. Vinham pedir-lhe 1 *sou* de papel de cartas!

– Lembro-me – disse-lhe o doutor Fornerol – de quando, num dia de feira, uma velha camponesa veio pedir-lhe papel químico, e o senhor se viu em apuros para dissuadi-la de arregaçar as saias e mostrar-lhe o lugar dolorido onde aplicar o sinapismo.

Paillot, o livreiro, respondeu a esse relato anedótico com um silêncio que exprimia sua dignidade ofendida.

– Céus! – exclamou o senhor de Terremondre, amigo dos livros. – O douto estabelecimento do nosso Frobein, do nosso Elzévir, do nosso Debure, confundido com a botica de Thomas Diafoirus, que ultraje!

– Certamente – comentou o doutor Fornerol – a boa mulher não fez por mal, ao mostrar a Paillot o local do seu incômodo. Mas não se devem julgar as camponesas por ela. Em geral, elas manifestam extrema repugnância em deixar-se ver pelo médico. Meus confrades rurais têm feito com freqüência essa observação. As mulheres do campo, mesmo sofrendo de moléstias graves, recusam-se ao exame com uma energia e uma obstinação que não demonstram em iguais circunstâncias as mulheres da cidade, e muito menos as da alta roda. Vi uma fazendeira de Lucigny morrer de um tumor no ventre que ela não permitira examinar.

O senhor de Terremondre, que, presidente de várias academias locais, alimentava preconceitos acadêmicos, tirou partido dessas observações para acusar Zola de ter ignominiosamente caluniado os campônios em *La Terre.* A essa acusação, monsieur Bergeret saiu de sua tristeza absorta e disse:

– Atente que os campônios são dados ao incesto, à embriaguez e ao parricídio, como mostrou Zola. A resistência deles em prestar-se a exames clínicos de modo algum é prova de sua candura. Revela simplesmente a força do preconceito entre seres limitados. Os preconceitos são tanto mais fortes quanto mais simples. O preconceito de que é indecoroso mostrar-se nu permanece poderoso neles. Atenua-se nas pessoas inteligentes e educadas pelo hábito do banho, das duchas e das massagens; também pelo senso estético e pelo gosto das sensações voluptuosas, e cede facilmente a considerações de higiene e de saúde. É tudo o que se pode inferir das observações do doutor.

– Tenho notado – disse o senhor Terremondre – que as mulheres bem-feitas...

– Poucas há – cortou o doutor.

– Doutor, o senhor me faz lembrar o meu pedicuro retrucou o senhor de Terremondre. – Ele me disse um dia: "Se o senhor fosse pedicuro, jamais perderia a cabeça pelas mulheres."

Paillot, o livreiro, que desde alguns minutos, encostado à parede, apurava o ouvido, falou:

– Não sei o que se passa na casa da rainha Margarida; ouço gritos e o barulho de móveis derrubados.

Assaltaram-no os temores costumeiros.

– Essa velha vai meter fogo à casa, e todo o quarteirão vai arder: é tudo madeira.

Ninguém deu importância às suas palavras, ninguém procurou acalmar-lhe os receios infundados. O doutor Fornerol ergueu-se penosamente sobre as pernas, distendeu com esforço os músculos dos braços fatigados e foi-se para as suas visitas pela cidade.

O senhor de Terremondre calçou as luvas e deu um passo em direção à porta. Depois, avistando uma figura comprida e esmirrada que avançava pela praça a passadas duras e bruscas, disse:

– Lá vai o general Cartier de Chalmot. Bom será para o prefeito não dar com ele.

– E por que não?

– Porque esses encontros não são felizes para o senhor Worms-Clavelin. No domingo passado, nosso prefeito, passeando em sua carruagem, reconheceu o general Cartier de Chalmot, que passava com a mulher e as filhas. Em sua viatura, de chapéu na cabeça, ele dirigiu ao velho herói um ligeiro aceno de mão com um "Bom dia, bom dia, general!" O general ficou rubro de cólera. A cólera é violenta nos tímidos. O general Chalmot perdeu as estribeiras. Foi terrível. Diante da multidão dos transeuntes, ele arremedou o gesto familiar do senhor Worms-Clavelin e berrou-lhe com voz de trovão: "Bom dia, bom dia, prefeito!"

– Não se ouve mais nada na casa da rainha Margarida – disse o senhor Paillot.

13

O sol do meio-dia dardejava suas chamas sutis e brancas. Nem uma nuvem no céu, nem um sopro no ar. Por sobre o vasto repouso das coisas, só a claridade discorria no alto sua ronda ardente. Na alameda deserta, as sombras se abatiam inertes e pesadas ao pé dos olmos. Um cantoneiro dormia no fundo do fosso que beirava as muralhas. As aves estavam silenciosas.

Sentado à sombra na ponta de um banco banhado de sol, monsieur Bergeret esquecia, sob as árvores clássicas, na solitude acolhedora, a mulher, as duas filhas, sua vida estreita na sua casa estreita; gozava, como Esopo, a liberdade do espírito, e deixava errar sua imaginação crítica a esmo, entre os vivos e os mortos.

Nesse momento o abade Lantaigne, superior do seminário, veio vindo, de breviário em punho, pela vasta calçada da alameda. Monsieur Bergeret levantou-se para oferecer ao padre o lugar ensombrado do banco. Monsenhor Lantaigne ocupou-o sem pressa, com aquela dignidade sacerdotal que não o abandonava nunca, e que nele era a própria simplicidade. Monsieur Bergeret sentou-se ao lado dele no espaço onde a sombra caía mesclada de luz das franjas ralas da ramagem, de modo que sua vestimenta negra se cobriu de discos dourados, e por sobre as pupilas deslumbradas suas pálpebras puseram-se a piscar.

Ele saudou o abade Lantaigne com estas palavras:

– Senhor abade, comenta-se que o senhor será convocado ao bispado de Tourcoing.

Aceito o augúrio e ouso esperar. Mas a escolha é boa demais para não ser suspeita. O senhor é tido por monarquista, e isso o prejudica. Não é verdade que o senhor é republicano como o papa?"

MONSENHOR LANTAIGNE – Sou republicano como o papa. O que quer dizer que estou em paz e não em guerra com o governo da República. Mas paz não é amor. Eu não amo a República.

MONSIEUR BERGERET – Posso adivinhar suas razões. O senhor recrimina a República por ser livre-pensadora e hostil ao clero.

MONSENHOR LANTAIGNE – Certamente eu a recrimino por ser ímpia e inimiga dos padres. Mas essa impiedade e essa inimizade não lhe são essenciais. São obra de republicanos, não da República. Diminuem ou aumentam conforme mudam as pessoas. São menores hoje do que foram ontem. Talvez cresçam amanhã. Talvez chegue um tempo em que não mais existam, como não existiam sob o governo do marechal de Mac-Mahon, ou pelo menos nos enganosos começos daquele governo, e sob o Ministério fraudulento do 16 de Maio. Elas são dos homens, não das coisas. Mas, mesmo que ela respeitasse a religião e os seus ministros, ainda assim eu detestaria a República.

MONSIEUR BERGERET – Por quê?

MONSENHOR LANTAIGNE – Porque ela é a diversidade. Nisto, sim, ela é essencialmente má.

MONSIEUR BERGERET – Não o entendo bem, senhor abade.

MONSENHOR LANTAIGNE – É que o senhor não possui o espírito teológico. Antigamente, mesmo os leigos recebiam dele umas tinturas. Seus cadernos escolares, que eles conservavam, forneciam-lhes os elementos da filosofia. Isso é verdade principalmente para os homens do século XVII. Então, todos os iniciados nas letras sabiam raciocinar, mesmo os poetas. É a doutrina de Port Royal que sustenta a

Fedra de Racine. Mas hoje, com a teologia confinada aos seminários, ninguém mais sabe fazer uso da razão, e os aristocratas são quase tão estúpidos quanto os poetas e os letrados. Não me dizia ontem o senhor de Terremondre, acreditando falar com grande astúcia, que a Igreja e o Estado devem fazer-se concessões recíprocas? Ninguém mais sabe, ninguém mais pensa. Palavras vãs cruzam-se no ar. Estamos em Babel. O senhor certamente leu Voltaire bem mais que Santo Tomás.

MONSIEUR BERGERET – É verdade. Mas não dizia o senhor abade que a República é a *diversidade*, e que isso é essencialmente mau? É este o ponto que eu lhe rogo esclarecer. Quem sabe chegarei a compreendê-lo. Minha teologia é maior do que a que o senhor me atribui. Eu li Baronius, e de pena em punho.

MONSENHOR LANTAIGNE – Baronius não é mais que um analista, embora o maior de todos; e estou certo de que o senhor não soube tirar dele senão ninharias históricas. Se o senhor fosse um teólogo, não estaria surpreso nem desconcertado pelo que acabo de dizer-lhe. A diversidade é abominável, o caráter do mal é ser diverso. Esse caráter é manifesto no governo da República que, mais que qualquer outro, se afasta da unidade. Faltam-lhe, na ausência da unidade, a independência, a estabilidade e a autoridade. Falta-lhe o conhecimento, e pode-se dizer que ele não sabe o que faz. Ainda que, por mal de nossos pecados, ele dure, não possui a permanência. Pois a idéia de permanência implica a de identidade, e a República não é um só dia o que foi na véspera. Sua própria torpeza e seus vícios não são propriedade sua. E o senhor viu que ela não foi desonrada por eles. Vergonhas e escândalos que teriam arruinado o mais poderoso império a recobriram sem deixar-lhe arranhões. Ela não é a descontinuidade, ela é a diversidade, ela é o mal.

MONSIEUR BERGERET – Fala da República em geral ou somente da nossa?

MONSENHOR LANTAIGNE – É evidente que não falo da República romana, nem da batava, nem da helvécia, mas tão-somente da francesa. Pois esses governos nada têm em comum além do nome, e o senhor não haveria de supor que eu os julgue pela palavra que os designa, ou mesmo pelo fato de se colocarem, uns e outros, em oposição à monarquia, oposição que não é em si mesma condenável; mas a República na França não é senão a falta de um príncipe e a ausência da autoridade. E este povo era velho demais por ocasião da amputação para que não se tema que ela lhe seja fatal.

MONSIEUR BERGERET – No entanto, a França já sobreviveu 27 anos ao Império, 48 anos à realeza burguesa e 66 anos à realeza legítima.

MONSENHOR LANTAIGNE – Diga antes que, há um século, a França, ferida de morte, arrasta entre acessos alternados de furor e desalento um miserável resto de vida. E não julgue que eu louvo o passado, ou que deploro menos as imagens ilusórias de uma idade de ouro que jamais existiu. A sorte da nação me é bem conhecida. Suas horas são marcadas por perigos, seus dias, pelo infortúnio. E é justo e necessário que assim seja. Sua vida, como a dos homens, se fosse isenta de vicissitudes, não teria sentido. A história antiga da França está repleta de crimes e de expiações. Deus puniu sem cessar esta nação com o zelo de um amor infatigável, e Sua bondade não lhe poupou, na época dos reis, nenhuma pena. Mas, sendo ela então cristã, seus males lhe eram úteis e preciosos. Ela reconhecia a natureza augusta do castigo. Dele extraiu lições, merecimentos, a salvação, a força e a glória. Hoje os sofrimentos não têm mais nenhum significado para ela; ela não os compreende nem os aceita. Ao mesmo tempo que suporta a prova, ela a repudia. E a insensata pretende ser feliz! É que, em se perdendo a fé em Deus, perde-se, junto com a idéia do absoluto, a compreensão do relativo e até o senso da história. Só Deus forma a seqüência lógica dos eventos humanos que, sem Ele, não mais sucedem de maneira inteligível e concebível. E de cem anos para cá a história da França é um enigma para os franceses. No entanto, houve em nossos dias um momento solene de expectativa e esperança. O cavaleiro que passou à hora marcada por Deus, e que se chamava alternadamente Salmanazar, Nabucodonosor, Ciro, Cambises, Mêmio, Tito, Alarico, Átila, Maomé II, Guilherme, havia espalhado o fogo pela França. Humilhada, ensangüentada, mutilada, ela ergueu os olhos para o céu. Que esse momento seja levado em sua conta! Ela pareceu compreender, recobrar com a fé a inteligência, conhecer o preço e a utilidade dos seus males imensos e providenciais. Ela despertou homens retos, cristãos, para formarem uma Assembléia soberana. Viu-se essa assembléia, revivendo uma tradição solene, consagrar a França ao coração de Jesus. Viu-se, como nos tempos de São Luís, elevarem-se as basílicas sobre os montes, aos olhos das cidades penitentes; viram-se os melhores cidadãos preparar a restauração da monarquia.

MONSIEUR BERGERET, *em voz baixa:* – 1. A Assembléia de Bordéus; 2. o Sacré-Coeur de Montmartre e a Igreja de Fourvières, em Lyon; 3. a Comissão dos Nove e a missão de monsenhor Chesnelong.

MONSENHOR LANTAIGNE – Como diz?

MONSIEUR BERGERET – Nada. Relembro a seqüência do *Discurso sobre a história universal.*

MONSENHOR LANTAIGNE – Não zombe e não negue. Ouviam-se marchar nas estradas os cavalos brancos que conduziam o rei. Henri Dieudonné vinha restabelecer o princípio da autoridade de onde emanam as duas forças sociais: o comando e a obediência; vinha restaurar a ordem humana com a ordem divina, a prudência política com o espírito religioso, a hierarquia, a lei, a regra, a liberdade verdadeira, a unidade. A nação, renovando suas tradições, reencontrava com o senso da sua missão o segredo do seu poder e o signo da vitória... Deus não o quis. Esses grandes desígnios, impedidos pelo inimigo que nos odiava ainda depois de haver saciado seu ódio, combatidos por um grande número de franceses, malsustentados pelos mesmos que os haviam traçado, foram aniquilados num único dia. A fronteira da pátria foi fechada a Henri Dieudonné, e o povo descambou na República; o que quer dizer que repudiou sua herança, que renunciou aos seus direitos e aos seus deveres, para governar-se à sua revelia e viver a seu bel-prazer nessa liberdade que Deus reprime e que subverte Suas imagens temporais, a ordem e a lei. Desde então, o mal reinou e publicou seus editos. A Igreja, exposta a incessantes vexames, foi colocada com perfídia entre uma abdicação impossível e uma revolta culpável.

MONSIEUR BERGERET – Naturalmente, o senhor inclui entre as medidas vexatórias a expulsão dos congregados?

MONSENHOR LANTAIGNE – É evidente que a expulsão dos congregados partiu de um mau pensamento e foi o resultado de um cálculo ímpio. É igualmente certo que os religiosos expulsos não mereciam tal tratamento. Ferindo-os, acreditavam ferir a Igreja. Mas o golpe, maldirigido, fortaleceu o corpo que se pretendia abalar, e rendeu às paróquias a autoridade e os recursos que lhes haviam sido desviados. Nossos inimigos não conheciam a Igreja; e seu então principal chefe, menos ignorante, mas mais desejoso de satisfazê-los que de nos destruir, nos declarou uma guerra simulada e de puro aparato. Pois que eu não considero um ataque eficaz a expulsão dos congregados não autorizados. Sem dúvida, respeito as vítimas dessa perseguição desastrada, mas creio que o clero secular basta à Igreja da França para governar e administrar as almas, sem a ajuda dos regulares. Ai de nós! A República infligiu à Igreja feridas mais profundas e menos aparentes. O senhor conhece muito bem as questões do ensino, monsieur Bergeret, para deixar de notar muitas dessas chagas, mas a mais envenenada produziu-se ao introduzirem no episcopado sacerdotes imbecis de espírito ou de caráter... Tenho-o dito muitas vezes. O cristão, pelo menos, se consola e tranqüiliza sabendo que a Igreja não perecerá. Mas que consolo terá o patriota? Este descobre que todos os membros do Estado estão gangrenados e apodrecidos. Em vinte anos, que progresso na decomposição! Um chefe de Estado cuja importância é sua única virtude, e que passa a criminoso no momento em que se torna suspeito de agir ou simplesmente de pensar; ministros submissos a um Parlamento inepto, que se crê venal, e cujos membros, a cada dia mais ignorantes, foram escolhidos, formados e designados nas assembléias heréticas dos franco-maçons, para fazer um mal de que eles próprios são incapazes, e que ultrapassa os males causados por sua inação turbulenta; um funcionalismo que cresce sem cessar, imenso, ávido, nocivo, com o qual a República crê assegurar-se uma clientela, e que ela alimenta para sua ruína; uma magistratura recrutada sem regra nem eqüidade, e com demasiada freqüência solicitada pelo governo para não ser suspeita de complacência; um Exército permanentemente penetrado, como a nação inteira, pelo espírito funesto de independência e igualdade, para devolver em seguida aos campos e às cidades toda uma população corrompida pela caserna, despreparada para as artes e ofícios e desgostosa de qualquer trabalho; um sistema de ensino cuja missão é ensinar o ateísmo e a imoralidade; uma diplomacia a que faltam o tempo e a autoridade, e que abandona os cuidados de nossa política exterior e a conclusão de nossas alianças aos bodegueiros, às caixeiras de lojas e aos jornalistas; enfim, todos os poderes, o Legislativo e o Executivo, o Judiciário, o militar e o civil, misturados, confundidos, destruídos uns pelos outros; um reino irrisório que, em sua fraqueza destrutiva, deu à sociedade os dois mais possantes instrumentos de morte que a impiedade jamais fabricou: o divórcio e o maltusianismo. E todos os males de que fiz um rápido resumo são atributos da República e dela emanam naturalmente: a República é essencialmente má. Ela é má ao querer a liberdade que Deus não quis, pois que Ele é o Senhor, e delegou aos sacerdotes e aos reis uma parcela da Sua autoridade; ela é má ao querer a igualdade que Deus não quis, já que estabeleceu a hierarquia das dignidades no céu e na Terra; ela é má instituindo a tolerância que Deus não poderia jamais querer, pois que o mal é intolerável; ela é má ao consultar a vontade do povo, como se a multidão dos ignorantes devesse prevalecer sobre o pequeno número dos que se conformam à vontade de Deus, a qual se estende ao governo e até aos detalhes da administração como um princípio cujas conseqüências não se detêm; ela é má, enfim, ao declarar sua indiferença religiosa, ou seja, sua impiedade, sua incredulidade, suas blasfêmias, das quais a menor é mortal, sua adesão à diversidade, que é o mal e a morte.

MONSIEUR BERGERET – Não dizia o senhor ainda agora, senhor abade, que, republicano como o papa, estava resolvido a viver em paz com a República?

MONSENHOR LANTAIGNE – Certamente, viverei com ela em submissão e obediência. Revoltando-me contra ela, eu agiria conforme seus princípios e contrariamente aos meus. Sendo insubordinado, eu me assemelharia a eles, e não me assemelharia a mim. Não é lícito ser perverso contra os perversos. Se ela governa mal, ou não governa, o crime é seu. Que ela responda por ele! Meu dever é obedecer. Eu o farei. Obedecerei. Padre e, se Deus o desejar, bispo, nada recusarei à República daquilo que lhe devo. Tenho presente na memória que Santo Agostinho, em Hipona assediada pelos vândalos, morreu bispo e cidadão romano. De minha parte, membro ínfimo desta ilustre Igreja das Gálias, a exemplo do maior dos doutores, suplicando a Deus que escorrace os vândalos, hei de morrer na França, sacerdote e cidadão francês.

Os olmos da alameda começavam a deitar suas sombras para a banda do oriente. Uma aragem fresca, vinda de uma longínqua tempestade, perpassou pelas folhagens. Enquanto uma joaninha passeava pela manga do seu casaco, monsieur Bergeret retrucou ao abade Lantaigne em tom muito afável:

– Senhor abade, o senhor vem de resumir, com eloqüência que só sairia de seus lábios, as características do regime democrático. O senhor o descreve com bastante exatidão. E no entanto é ainda o regime que eu prefiro. Nele, todos os laços se afrouxam, o que enfraquece o Estado, mas ele desoprime o indivíduo, proporciona certa facilidade de viver e uma liberdade lamentavelmente destruída pelas tiranias locais. A corrupção, sem dúvida, parece ser maior do que nas monarquias. Isso se deve ao número e à diversidade das pessoas que são levadas ao poder. Mas essa corrupção seria menos patente se o segredo fosse mais bem guardado. A ausência de sigilo e a falta de continuidade tornam qualquer empreendimento impossível à República democrática. Mas, já que os empreendimentos das monarquias, o mais das vezes, têm arruinado os povos, não me aborrece muito viver sob um governo incapaz de desígnios grandiosos. O que sobretudo me alegra em nossa República é sua sincera disposição de não fazer a guerra na Europa. Ela é por natureza militar, mas de modo algum belicosa. Considerando a hipótese de uma guerra, os outros governos não têm a temer senão a derrota. O nosso receia igualmente, com justa razão, a vitória e a derrota. Esse receio salutar nos assegura a paz, que é o maior dos bens. O pior defeito do regime atual é custar muito caro. Ele não cuida das aparências: não é faustoso. Não faz ostentação de mulheres ou de cavalos. Mas, sob uma aparência de modéstia e um exterior singelo, ele é perdulário. Tem um excesso de parentes pobres, amigos demais a prover. É esbanjador. O mais deplorável é que vive num país depauperado, cujas forças minguam e que não mais se enriquece. E o regime tem grande precisão de dinheiro. Ele percebe que está em maus lençóis. Mas suas dificuldades são ainda maiores do que ele imagina. E aumentarão ainda mais. O mal não é de hoje. Foi dele que morreu o *ancien régime*. Senhor abade, vou dizer-lhe uma grande verdade: enquanto o Estado se contenta com os recursos que lhe fornecem os pobres, enquanto conta com subsídios bastantes que, com regularidade mecânica, lhe asseguram aqueles que trabalham com as próprias mãos, ele vive feliz, tranqüilo, respeitado; os economistas e os financistas se aprazem em atestar-lhe a probidade; mas, do instante em que esse infeliz Estado, movido pela necessidade, faz menção de exigir dinheiro de quem o tem, e de tirar dos ricos alguma exígua contribuição, fazem-no sentir que ele comete um atentado odioso, que viola todos os direitos, que falta ao respeito com as coisas consagradas, que destrói o comércio e a indústria, que esmaga os pobres ao tocar nos opulentos. Não mais se dissimula seu descrédito. E ele fica entregue ao desprezo dos bons cidadãos. Entrementes, a ruína avança, lenta e infalivelmente. O Estado ameaçou as rendas. Está perdido. Os nossos ministros zombam de nós, falando do perigo clerical ou do perigo socialista. Não há senão um perigo, o perigo financeiro. A República começa a percebê-lo. Eu a lastimo, e lamentarei seu fim. Fui criado sob o Império, e no amor da República. "Ela é a justiça", dizia-me meu pai, professor de retórica no liceu de Saint-Omer. Ele não a conhecia. Ela não é a justiça. Mas ela é a condescendência. Senhor abade, se o senhor tivesse o espírito menos elevado, menos grave, mais acessível aos pensamentos risonhos, eu lhe diria que a República atual, a República de 1897, me agrada e me toca pela sua humildade. Ela consente em não ser admirada. Não exige mais que um pouco de respeito, renuncia ao próprio apreço. Contenta-se em viver. Não tem mais que uma única aspiração: ser legítima. Os seres mais humildes apegam-se à vida. Como o lenhador do fabulista, como o boticário de Mântua que tanto surpreendeu o jovem e tolo Romeu, ela teme a morte, e é este seu único temor. Ela desconfia dos príncipes e dos militares. Sob o risco de morte, seria perigosa. O medo a faria sair do seu natural e a tornaria feroz. Seria pena. Mas enquanto não atentarem contra sua vida, e só lhe atacarem a honra, ela se manterá complacente. Um governo desta espécie me agrada e me tranqüiliza. Tantos outros foram impiedosos por amor-próprio! Tantos outros garantiram pela crueldade seus direitos, sua grandeza e sua prosperidade! Tantos outros derramaram sangue por suas prerrogativas e por sua majestade! Ela não tem orgulho; ela não tem majestade. Ditosa imperfeição que a conserva inocente! Contanto que esteja viva, ela está contente. Ela governa pouco. Eu seria tentado a louvá-la por isso mais que por todo o resto. E já que ela governa pouco, eu lhe perdôo o governar mal. Suspeito que os homens, em todos os tempos, exageraram muito as necessidades de governo e os benefícios de um poder forte. É certo que os poderes fortes tornam os povos grandes e prósperos. Mas os povos têm sofrido tanto, ao longo dos séculos, por sua grandeza e por sua prosperidade, que eu imagino que se disponham a renunciar a elas. A glória lhes custou caro demais para que não sejamos gratos aos nossos atuais dirigentes por não nos concederem outra que não a colonial. Se se viesse a descobrir por fim a inutilidade de todo e qualquer governo, a República do senhor Carnot teria propiciado essa preciosa descoberta. E com isso faria jus a algum reconhecimento. Considerando isso tudo, sinto uma grande afeição pelas nossas instituições.

Assim falou monsieur Bergeret, docente da Faculdade de Letras.

O abade Lantaigne pôs-se de pé, sacou seu lenço de quadrados azuis, passou-o nos lábios, voltou a guardá-lo no bolso, sorriu contra os seus hábitos, firmou o breviário debaixo do braço e disse:

– O senhor se exprime de forma encantadora, monsieur Bergeret. Os retóricos falavam desse modo em Roma, quando Alarico lá entrou com seus visigodos. No entanto, os retóricos do século V enunciavam sob os terebintos do Esquilino pensamentos menos frívolos. Pois então Roma era cristã. O senhor não é mais.

– Senhor abade – replicou o docente –, espero que venha a ser bispo e não reitor da universidade.

– É bem verdade, monsieur Bergeret – disse o sacerdote com uma risada –, que se eu fosse reitor da universidade haveria de proibi-lo de ensinar à juventude.

– Com o que me faria um grande bem. Pois então eu escreveria nos jornais, como o senhor Jules Lemaître, e quem sabe se, como ele...

– Ha! Ha! O senhor não ficaria deslocado entre os eruditos. E a Academia Francesa tem um fraco pelos libertinos.

Acabando de falar, afastou-se a passos rígidos, firmes e
 pesados. Monsieur Bergeret ficou só, no meio do banco

agora quase todo coberto pela sombra. A joaninha sobre o seu ombro, depois de um momento, levantou vôo. Ele se pôs a refletir. Não era feliz. Tinha um espírito requintado, cujas arestas não eram totalmente aparadas pelo exterior, e não poucas vezes feria-se a si mesmo nos aguilhões da própria crítica. Anêmico e bilioso, tinha um estômago extremamente delicado e sentidos debilitados, que lhe proporcionavam mais sofrimentos e desgostos que prazeres e contentamentos. Era imprudente com as palavras e de uma falta de tato que, pela precisão e segurança, igualava a mais cultivada habilidade. Tinha o talento sutil de não perder nenhuma ocasião de se prejudicar. Inspirava uma aversão natural ao comum dos homens, e sofria com isso, sociável que era e propenso a comunicar-se com seus semelhantes. Jamais conseguira formar discípulos, e dava seu curso de literatura latina em um porão sombrio, úmido e abandonado, para onde o havia banido a acirrada hostilidade do deão. No entanto, os edifícios da universidade eram espaçosos. Construídas em 1894, essas novas instalações, como dissera na inauguração o prefeito Worms-Clavelin, testemunhavam "a solicitude do governo da República pela difusão das luzes". Havia lá um anfiteatro decorado pelo senhor Léon Glaize, com pinturas alegóricas representando as Ciências e as Letras, onde o senhor Compagnon ministrava seu aplaudido curso de matemática. Os demais portadores de togas amarelas ou vermelhas ensinavam ciências diversas em belas salas bem iluminadas. Só monsieur Bergeret, sob o olhar irônico do bedel, descia, seguido por três ouvintes, ao subsolo tenebroso. Ali, na atmosfera espessa e malsã, ele explicava a *Eneida* com erudição germânica e elegância francesa; ali, com seu pessimismo literário e moral, atormentava o senhor Roux, de Bordéus, seu melhor aluno; ali emitia apreciações inéditas, cuja natureza era motivo de espanto; ali ele pronunciou um dia estas palavras que se tornaram famosas, e que antes tivessem perecido sufocadas nas sombras do subterrâneo: "Fragmentos de diversas procedências, canhestramente cosidos entre si, formaram a *Ilíada* e a *Odisséia*. Tais são os modelos de composição que foram imitados por Virgílio, por Fénelon e, em geral, nas literaturas clássicas, pelos autores de narrativas em prosa ou em verso."

Monsieur Bergeret não era feliz. Não recebera nenhuma distinção honorífica. É verdade que desdenhava as honrarias. Mas sentia que seria mais belo desdenhá-las se as recebesse. Ele era ignorado em sua cidade, menos conhecido pelos trabalhos da mente que o senhor de Terremondre, autor de um *Guia do turista*; que o general Milher, emérito polígrafo do departamento; menos até que seu aluno, o senhor Albert Roux, de Bordéus, autor de *Nireu*, um poema em versos livres. Certamente, ele desprezava a glória literária, sabendo que a de Virgílio na Europa repousava sobre dois contra-sensos, um absurdo e uma colcha de retalhos. Mas sofria por não ter nenhum contato com escritores que, como os senhores Faguet, Doumic ou Pellissier, pareciam afinar com seu espírito. Desejaria conhecê-los, viver com eles em Paris, escrever como eles em revistas, contradizê-los, igualá-los, talvez sobrepujá-los. Sentia em si uma certa agudez de inteligência, e havia escrito páginas que sabia capazes de agradar.

Não era feliz. Era pobre, vivia apertado com a mulher e as duas filhas em uma habitação exígua, onde experimentava em grau extremo os desconfortos da vida em comum; e aborrecia-se ao encontrar papelotes sobre a mesa de escrever e ao ver seus manuscritos chamuscados por ferros de frisar. Não tinha no mundo outro retiro acolhedor e protegido além daquele banco da alameda sombreado pelo velho olmo, e o canto dos alfarrábios na loja de Paillot.

Ele meditou um momento sobre sua triste condição, depois ergueu-se do seu banco e tomou o caminho que levava à livraria.

14

Quando monsieur Bergeret entrou na loja, o livreiro Paillot, com um lápis atrás da orelha, juntava os "refugos". Empilhava volumes cujas capas amarelas, por longo tempo expostas ao sol, haviam escurecido e sofrido a marca das moscas. Eram os exemplares encalhados, que ele devolvia aos editores... Monsieur Bergeret reconheceu, entre eles, obras que apreciava. Mas não se afligiu por isso, sendo por demais refinado para desejar aos seus autores preferidos o reconhecimento das massas.

Enfurnou-se como de costume no canto dos alfarrábios, e apanhou por hábito o tomo 384 da *História geral das viagens*. O livro, encadernado em marroquim verde, abriu-se por si mesmo à página 212, e monsieur Bergeret leu mais uma vez as linhas fatídicas:

> uma passagem ao norte. "A este revés", diz ele, "devemos o fato de ter podido visitar de novo as ilhas Sandwich..."

E monsieur Bergeret afundou -se na melancolia.

O senhor Mazure, arquivista do departamento, e o senhor de Terremondre, presidente da Sociedade de Agricultura e Arqueologia, que tinham, ambos, suas cadeiras de palha no canto dos alfarrábios, vieram oportunamente juntar-se ao professor. O senhor Mazure era paleógrafo de grande mérito. Mas suas maneiras não eram elegantes. Casara-se com a criada do arquivista de seu predecessor, e desfilava pela cidade com um chapéu de palha amarfalhado. Era radical e publicava documentos sobre a história do município durante a Revolução. Atacava com gana os realistas do departamento; mas, tendo pleiteado as palmas acadêmicas e não as tendo conseguido, passara a atacar também seus correligionários políticos e em particular o prefeito Worms-Clavelin.

Provocador por natureza, o hábito profissional de descobrir segredos o predispunha à maledicência e à calunia. Ainda assim, era de convívio agradável, principalmente à mesa, onde cantava canções de bar.

– Sabem – disse ele aos senhores de Terremondre e Bergeret – que o prefeito vai encontrar mulheres no estabelecimento de Rondonneau Júnior? Pegaram-no com a boca na botija. O abade Guitrel também o freqüenta. E, por sinal, a casa é denominada, em um cadastro de 1783, a casa dos Dois Sátiros.

– Mas – disse o senhor de Terremondre – não há mulheres de má vida na casa de Rondonneau Júnior.

– Mandam-nas buscar – replicou o arquivista Mazure.

– A propósito – disse o senhor de Terremondre –, eu soube, meu caro monsieur Bergeret, que na alameda o senhor escandalizava meu velho amigo Lantaigne com a declaração cínica da sua imoralidade política e social. Dizem que o senhor não conhece freio nem lei...

– Enganam-se – respondeu monsieur Bergeret.

– ... que o senhor é indiferente em matéria de governo.

– De modo nenhum! Mas, para dizer a verdade, não dou muita importância à forma do Estado. As mudanças de regime em quase nada alteram a condição dos indivíduos. Nós não dependemos de Constituições nem de cartas, mas de instintos e costumes. De nada serve mudar o nome das necessidades públicas. Só os imbecis e os ambiciosos fazem as revoluções.

– Apenas dez anos atrás – interveio o senhor Mazure – eu estava pronto a entregar meu pescoço pela República. Hoje, se a visse de pernas para o ar, eu cruzaria os braços e daria boas gargalhadas. Os velhos republicanos são postos de lado. Não se concedem favores senão aos filiados; não me refiro ao senhor de Terremondre. Mas sinto-me enojado. Chego a pensar como monsieur Bergeret. Todos os governos são ingratos.

– São todos impotentes – disse monsieur Bergeret. – Tenho no bolso uma pequena narrativa que gostaria de ler para os senhores. Eu a compus inspirado em uma anedota que meu pai diversas vezes me contou. Ela demonstra como o poder absoluto é a própria impotência. Gostaria de ouvir suas opiniões sobre esta bobagem. Se ela não lhes desagradar, eu a enviarei à *Revue de Paris*.

Os senhores de Terremondre e Mazure aproximaram suas cadeiras da de monsieur Bergeret, que sacou do bolso um maço de papel e pôs-se a ler em voz fraca mas distinta:

UM SUBSTITUTO

Os ministros estavam reunidos...

– Permita-me escutar – disse o senhor Paillot, o livreiro. – Estou à espera de Leon, que não retorna. Quando está batendo perna, ele se esquece de voltar. Cabe a mim vigiar a loja e atender à freguesia. Mas poderei ouvir ao menos parte da leitura. Gosto de me instruir.

– Muito bem, Paillot – disse monsieur Bergeret. E recomeçou:

UM SUBSTITUTO

Os ministros estavam reunidos em conselho, sob a presidência do imperador, em um salão das Tulherias. Napoleão III, em silêncio, rabiscava com um lápis sobre o plano de uma cidade operária. Seu rosto afilado e pálido parecia estranho, em sua suavidade triste, entre aquelas cabeças quadradas de homens práticos e aquelas faces coradas de homens laboriosos. Ele ergueu a meio as pálpebras, passeou em torno da mesa oval seu olhar vago e perguntou:

– Senhores, não há mais nenhum assunto em pauta?

A voz saía-lhe um pouco abafada e surda através dos bigodes espessos, e parecia vir de muito longe.

Nesse instante, o Guarda dos Selos – ministro da Justiça – fez ao seu colega do Interior um sinal que este pareceu não perceber. O Guarda dos Selos era, então, o senhor Delarbre, magistrado nato, que demonstrara em altas funções judiciárias uma benevolência moderada, bruscamente atalhada vez por outra pelos rigores de uma dignidade profissional que nada era capaz de dobrar. Dizia-se que, ao tornar-se partidário da imperatriz e dos ultramontanos, o jansenismo dos grandes advogados seus antecessores às vezes lhe virava a cabeça. Mas os que com ele privavam julgavam-no apenas meticuloso, um tanto imprevisível, indiferente aos grandes assuntos que seu entendimento não abarcava e aferrado a ninharias às quais se ajustava a mesquinhez do seu espírito intrigante.

Com as duas mãos sobre os braços dourados da cadeira, o imperador estava em vias de se levantar. Delarbre, vendo que o ministro do Interior, com o nariz metido em dossiês, evitava seu olhar, tomou a iniciativa de interpelá-lo:

– Perdoe-me, meu caro colega, levantar uma questão que, sendo da alçada do seu departamento, nem por isso deixa de interessar ao meu. Mas o senhor mesmo me havia mani-

festado a intenção de trazer ao conhecimento do conselho a situação extremamente delicada criada para um magistrado pelo prefeito de um departamento do oeste.

O ministro do Interior ergueu um pouco os ombros largos e fitou Delarbre com certa impaciência. Tinha um ar ao mesmo tempo jovial e hostil, peculiar aos grandes agitadores de massas.

– Ora – respondeu ele –, são mexericos, diz-que-diz-ques ridículos, intrigas que eu me envergonharia de passar aos ouvidos do imperador, se o meu colega da Justiça não visse nisso um interesse que, de minha parte, não chego a perceber.

Napoleão voltou a rabiscar.

– Trata-se do prefeito do Loire Inferior – prosseguiu o ministro. – Esse funcionário tem em seu departamento a reputação de ser um homem bem-afortunado. E a reputação galante que se ligou ao seu nome, unida à sua bem conhecida amabilidade e ao seu devotamento ao regime, contribuiu não pouco para a popularidade que ele desfruta no território. Sua assiduidade junto a madame Méreau, a mulher do procurador-geral, tem sido notada e comentada. Admito que o senhor prefeito Pélisson deu alimento à crônica escandalosa de Nantes, e que manifestações severas se fizeram ouvir nos círculos burgueses da cidade, notadamente nos salões freqüentados pela magistratura. É bem verdade que a atitude do senhor prefeito Pélisson em relação a madame Méreau, a quem sua condição devia proteger contra qualquer intenção equívoca, seria lamentável se prosseguisse. Mas as informações que recolhi permitem-me afirmar que madame Méreau não foi positivamente comprometida, e que nenhum escândalo é de se prever. Bastará um pouco de prudência e de atenção para que o caso não tenha maiores conseqüências.

Dito isso, o ministro do Interior fechou sua pasta e recostou-se em sua cadeira.

O imperador permaneceu calado.

– Permita, meu caro colega! – disse secamente o Guarda dos Selos. – A mulher do procurador-geral junto à corte de Nantes é amante do prefeito do Loire Inferior; esse estado de coisas, conhecido em toda a jurisdição, é de molde a causar danos ao prestígio da magistratura. É sobre tal circunstância que importa chamar a atenção de Sua Majestade.

– Sem dúvida – retrucou o ministro do Interior, com os olhos voltados para as alegorias do teto –, sem dúvida, fatos como esse são de lamentar; contudo, há que evitar os exageros; é possível que o prefeito do Loire Inferior tenha sido imprudente, e madame Méreau um pouco leviana, mas...

O ministro dirigiu o restante das suas considerações às figuras mitológicas que esvoaçavam no céu pintado. Houve um momento de silêncio, durante o qual se ouviu o impudente pipilar dos pardais pousados nas árvores do jardim e nas cornijas do palácio.

O senhor Delarbre mordiscava os lábios finos e alisava as suíças austeras, embora bem cuidadas. Ele retomou a palavra:

– Perdoem-me insistir: os relatórios secretos que recebi não deixam qualquer dúvida quanto à natureza das relações que entre si mantêm o senhor Pélisson e madame Méreau. Essas relações já se haviam estabelecido dois anos atrás. Com efeito, no mês de setembro de 18... o senhor prefeito do Loire Inferior mandou convidar o senhor procurador-geral a uma caçada nas terras do conde de Morainville, deputado da terceira circunscrição do departamento, e, na ausência do magistrado, encaminhou-se aos aposentos de madame Méreau. Ele havia entrado pelo quintal. No dia seguinte, o jardineiro deu com os vestígios da escalada e fez queixa à Justiça. Procederam-se investigações; chegaram a prender um vagabundo que, não tendo podido provar sua inocência, cumpriu alguns meses de prisão preventiva. Era, aliás, um tipo insignificante e de má reputação. Ainda hoje o senhor procurador-geral insiste, enca-

beçando uma parcela mínima da opinião pública, em considerá-lo culpado de invasão de domicílio e arrombamento. Nem por isso, repito, a situação é menos desastrosa e prejudicial ao prestígio da magistratura.

O ministro do Interior lançou sobre a discussão, segundo seu costume, essas frases ponderosas que a encerram e mantêm suspensa sob o peso do argumento. Ele tinha na mão, disse, seus prefeitos; saberia muito bem conduzir o senhor Pélisson a uma justa apreciação das coisas, sem tomar qualquer medida rigorosa contra um funcionário inteligente e zeloso, bem-sucedido no seu departamento, e que era precioso do ponto de vista da situação eleitoral. Ninguém poderia dizer-se mais interessado que o ministro do Interior em manter a boa harmonia entre a autoridade departamental e o Poder Judiciário.

Entrementes, o imperador guardava aquele ar sonhador em que comumente se envolvia seu silêncio. Pensava, sem dúvida, em coisas do passado, pois disse de repente:

– Esse pobre senhor Pélisson, eu conheci seu pai. Chamava-se Anacharsis Pélisson. Era filho de um republicano de 1792; republicano ele próprio, escrevia nos jornais da oposição sob o governo de Julho. Durante meu cativeiro no forte de Ham, ele me enviou uma carta cordial. Os senhores não podem imaginar a alegria que traz a um prisioneiro a menor demonstração de simpatia. Mais tarde, seguimos caminhos diferentes. Nunca mais voltamos a nos ver. Ele morreu.

O imperador acendeu um cigarro, ficou um momento pensativo, em seguida pôs-se de pé:

– Senhores, não os retenho por mais tempo.

Com o gingar desajeitado de uma ave de grandes asas a caminhar, ele retornou aos seus aposentos privados, e os ministros saíram uns atrás dos outros pela longa carreira de salões, sob o olhar taciturno dos porteiros. O marechal ministro da Guerra estendeu sua charuteira ao Guarda dos Selos.

– Senhor Delarbre, que tal caminharmos um pouco lá fora? Preciso esticar as pernas.

Enquanto caminhavam pela Rue de Rivoli, ao longo das grades que cercam o terraço dos Feuillants, o marechal disse:

– Em matéria de charutos, só me agradam os de 1 sou, *bem secos. Os outros me fazem o efeito de confeitos. Imagine só..*

Ficou algum tempo pensativo, depois continuou:

– Esse Pélisson de que o senhor falava ainda há pouco no conselho não é um homenzinho seco, moreno, que era subprefeito em Saint-Dié, cinco anos atrás?

Delarbre respondeu que, com efeito, Pélisson fora subprefeito nos Vosges.

– Bem que eu me dizia: conheço esse Pélisson. Lembro-me muito bem de madame Pélisson. Jantei ao seu lado em Saint-Dié, aonde fui para a inauguração de um monumento. Imagine só...

– Que tipo de mulher é ela? – perguntou Delarbre.

– Pequena, trigueira, franzina. Uma falsa magra. De manhã, em vestido fechado, não chama a menor atenção. À noite, à mesa, decotada e com flores no colo, é muito atraente.

– E moralmente, marechal?

– Moralmente?... Não sou nenhum imbecil, não é mesmo? Pois bem. Nunca fui capaz de julgar a moral de uma mulher. Tudo o que lhe posso dizer é que madame Pélisson era tida como sentimental. Dizia-se que lhe agradavam os homens bonitos.

– Ela o deu a entender ao senhor, meu caro marechal?

– De modo algum. A mim ela disse à sobremesa: "Sou apaixonada pela eloqüência. Uma linguagem nobre me arrebata." Não pude supor que essa declaração me fosse dirigida. É verdade que eu pronunciara um discurso pela manhã. Mas eu o tinha feito redigir pelo meu ajudante-de-campo, oficial de artilharia e míope. E ele escrevera com letra tão fina que eu não pude ler. Imagine só...

Tinham alcançado a Place Vendôme. Delarbre estendeu sua pequena mão magra ao marechal e se esgueirou sob as abóbadas do Ministério.

Na semana seguinte, no encerramento do conselho, quando já os ministros se retiravam, o imperador pousou a mão no ombro do Guarda dos Selos:

– Meu caro senhor Delarbre – disse-lhe –, eu soube por acaso... em minha posição, nada se sabe senão por acaso... que um cargo de substituto está vago no ministério público de Nantes. Peço-lhe que pense na possibilidade de preenchê-lo com um jovem doutor em direito de grandes méritos, que defendeu uma tese brilhante sobre as Trade Unions. *Seu nome é Chanot. É sobrinho de madame Ramel. Ele deverá solicitar-lhe audiência ainda hoje. Se o senhor me propuser, eu assinarei com prazer sua nomeação.*

O imperador pronunciara com ternura o nome de sua irmã de leite, que ele não deixara de amar durante todo o tempo em que, republicana exacerbada, ela repelia seus avanços, recusava, embora viúva e pobre, os oferecimentos do governante, e, em sua água-furtada, manifestava abertamente sua indignação contra o golpe de Estado. Mas depois de 15 anos, cedendo enfim à benevolência obstinada de Napoleão III, ela viera, em penhor de reconciliação, solicitar do príncipe um favor, não para si, mas para o jovem Chanot, seu sobrinho, doutor em Direito, orgulho da escola, segundo os professores. Havia ainda um aditamento austero no rogo que madame Ramel formulava ao seu irmão de leite: o acesso ao ministério público aberto ao jovem Chanot não poderia parecer um ato de favoritismo. Mas madame Ramel fazia vivo empenho em que o sobrinho fosse enviado ao Loire Inferior, onde moravam seus pais. Essa circunstância ocorreu à lembrança de Napoleão, que a deu a conhecer ao seu ministro da Justiça.

– Haveria grande interesse – disse ele – em que seu candidato fosse designado para Nantes, de onde ele é natural, e onde vivem seus pais. É uma consideração importante para um jovem de fortuna modesta, e que ama a vida em família.

– Chanot... diligente, merecedor e pouco afortunado... – repetiu o ministro.

Acrescentou que se empenharia em agir de conformidade com o desejo expresso por Sua Majestade. Receava apenas que o procurador-geral já lhe houvesse submetido uma lista de indicações, na qual, naturalmente, não figuraria o nome de Chanot. Esse procurador-geral era precisamente aquele senhor Méreau de que se fizera menção no conselho precedente. O Guarda dos Selos estava vivamente interessado em mostrar sua boa disposição em relação a ele. Mas haveria de esforçar-se para que o assunto fosse conduzido conforme as intenções expressas por Sua Majestade.

Fez uma mesura e despediu-se. Era seu dia de audiência. Tão logo entrou no seu gabinete, perguntou a Labarthe, seu secretário, se havia muita gente na antecâmara. Havia dois presidentes de tribunal, um conselheiro da Corte de Cassação, o cardeal-arcebispo de Nicomédia e uma multidão de juízes, advogados e padres. O ministro perguntou se havia algum Chanot. Labarthe folheou na salva de prata e encontrou, entre a pilha de cartões, o de Chanot, doutor em leis, laureado da Faculdade de Direito de Paris. O ministro mandou chamá-lo em primeiro lugar, recomendando apenas que fosse introduzido pelo corredor de serviço, de modo a não ofender a magistratura e o clero.

O ministro sentou-se diante da mesa e murmurou consigo mesmo: "Sentimental, disse o marechal, gosta de homens bonitos e bem-falantes..."

O porteiro conduziu ao gabinete um jovem comprido, encurvado, de óculos, o crânio pontudo, cujo todo desgracioso exprimia, a um tempo, a timidez dos solitários e a insolência dos filósofos.

O Guarda dos Selos examinou-o dos pés à cabeça e viu que ele tinha bochechas de criança e nada de ombros. Acenou-lhe para que sentasse. O solicitante, tendo-se abancado na borda da cadeira, fechou os olhos e desatou a falar com grande loquacidade.

– Senhor ministro, venho solicitar de sua alta benevolência meu acesso à magistratura. Vossa Excelência julgará, espero, que as notas que obtive nos vários exames a que me submeti e o prêmio com que fui distinguido pelo meu trabalho sobre as Trade Unions *sejam títulos suficientes, e que o sobrinho de madame Ramel, irmã colaça do imperador, não seja de todo indigno...*

O Guarda dos Selos o deteve com um gesto da pequena mão pálida.

– Sem dúvida, senhor Chanot, sem dúvida, uma augusta proteção, que não seria malbaratada num objeto indigno, lhe é dispensada. Sei que Sua Majestade tem grande interesse pelo senhor. O senhor pleiteia uma cadeira de juiz suplente, senhor Chanot?

– Vossa Excelência – respondeu Chanot – atenderia aos meus anseios se me nomeasse para Nantes, onde tenho minha família.

Delarbre fitou em Chanot suas pupilas plúmbeas e disse secamente:

– Não há vaga no Tribunal de Nantes.

– Com perdão de Vossa Excelência, se não me engano...

O ministro levantou-se.

– Não há.

E enquanto Chanot chegava estonteado à porta e, entre uma série de mesuras, procurava uma saída através dos lambris brancos, o Guarda dos Selos falou-lhe com ar persuasivo e em tom quase confidencial:

– Ouça-me, senhor Chanot, é melhor dissuadir sua tia de novas solicitações que, longe de lhe trazer qualquer proveito,

só lhe poderão prejudicar. Saiba que o imperador se interessa pelo senhor, e conte comigo.

Uma vez fechada a porta, o ministro chamou o secretário:

– Labarthe, trate de trazer-me seu candidato.

Nessa noite, às oito horas, Labarthe entrou numa casa da Rue Jacob, subiu as escadas até o telhado e gritou do patamar:

– Estás pronto, Lespardat?

A porta de uma pequena mansarda se abriu. Viam-se ali, sobre uma cômoda, alguns livros de Direito e romances em brochuras desencapadas; sobre a cama, uma máscara de veludo preto com barba de renda, um ramalhete de violetas secas e floretes. Na parede, um mau retrato de Mirabeau, gravado a talho-doce. No meio do quarto, um rapagão moreno praticava halteres. Tinha cabelos crespos, a testa curta, olhos castanhos muito suaves e risonhos, narinas frementes como as de um cavalo e na boca agradavelmente sorridente uma dentadura de lobo.

– Estava à sua espera – disse ele.

Labarthe apressou-o a que se vestisse. Estava faminto. A que horas iriam jantar?

Lespardat, pousando os halteres no assoalho, despiu o roupão, descobrindo a nuca de hércules que unia sua cabeça redonda às amplas espáduas.

"Ele aparenta menos de 26 anos", pensou Labarthe.

Assim que Lespardat enfiou o fraque, cujo tecido fino deixava perceber o movimento possante e fácil dos músculos, Labarthe empurrou-o para fora.

– Estaremos no Magny em três minutos. Tenho o cupê do Ministério.

No cabaré, pediram um compartimento particular, pois tinham que conversar.

Depois do linguado e do ensopado de carneiro, Labarthe resumiu claramente o assunto:

– Escuta bem, Lespardat. Amanhã você vai ver o meu ministro, sua nomeação será proposta pelo procurador-geral de Nantes na quinta-feira, e submetida na segunda à assinatura do imperador. Ela será colhida de surpresa, quando ele estiver ocupado com Alfred Maury em determinar a localização de Alesia. O imperador assina qualquer coisa quando estuda a topografia das Gálias no tempo de César. Mas presta bem atenção no que se espera de você. É preciso que você agrade à senhora prefeita. Tem que lhe agradar até as últimas conseqüências. Só então a magistratura será vingada.

Lespardat devorava a comida e escutava, contente, sorrindo, em sua vaidade ingênua.

– Mas – disse ele – que idéia é essa que germinou na cabeça de Delarbre? Eu o tinha como austero.

Labarthe, levantando a faca, o deteve:

– Antes de mais nada, meu amigo, peço que não comprometa meu ministro, que deve permanecer alheio a tudo de que estamos a tratar aqui. Mas, uma vez que você mencionou Delarbre, direi que sua austeridade é uma austeridade jansenista. Ele é sobrinho-neto do diácono Pâris. Seu tio-avô materno era aquele senhor Carré de Montgeron que defendia perante o Parlamento os fanáticos do Mosteiro de Saint-Médard. Ora, os jansenistas são dados a exercer sua austeridade em torno das alcovas; têm uma inclinação por patifarias diplomáticas e canônicas. É o resultado de sua pureza perfeita. E depois eles lêem a Bíblia. O Velho Testamento está cheio de histórias no gênero da sua, meu caro Lespardat.

Lespardat não escutava mais. Flutuava numa alegria cândida. Perguntava-se: "Que dirá meu pai? Que dirá minha mãe?", pensando no casal de modestos merceeiros de Agen. E vagamente associava sua nascente fortuna à glória de Mirabeau, seu ídolo predileto. Desde o colégio, ele sonhava um destino repleto de mulheres e de eloqüência.

Labarthe chamou a atenção do seu jovem amigo.

– Você sabe, senhor substituto, que não é inamovível. Se após um prazo razoável não tiver agradado a madame Pélisson, digo, agradado completamente, cairá em desgraça.

– Mas – perguntou Lespardat com candura – quanto tempo eu tenho para agradar completamente a madame Pélisson?

– Até as férias – respondeu gravemente o secretário do ministro. – Terá, além disso, toda sorte de facilidades, missões secretas, licenças etc. Tudo, menos dinheiro. Acima de tudo, nós somos um governo honesto. Não se acredita nisso. Porém mais tarde se saberá que não somos trapaceiros. O mesmo se aplica a Delarbre: ele tem as mãos limpas. E, aliás, os fundos secretos estão com o Interior, do lado do marido. Você não contará com nada além dos 2.400 francos de ordenado e de sua estampa saudável para seduzir madame Pélisson.

– É bonita, a minha prefeita? – quis saber Lespardat.

Fez a pergunta com negligência, sem exagerar-lhe a importância, tranqüilo como um homem muito jovem que acha belas todas as mulheres. À guisa de resposta, Labarthe atirou sobre a mesa a fotografia de uma dama esbelta num chapéu redondo, com bandós duplos caindo sobre um pescoço trigueiro.

– Aí está – disse – o retrato de madame Pélisson. O Gabinete o solicitou à prefeitura de polícia, que o expediu depois de aplicar-lhe o carimbo da Sûreté, como você pode ver.

Lespardat agarrou-o vivamente entre os dedos grossos.

– Ela é linda – disse.

– Você tem um plano? – perguntou Labarthe. – Um método de sedução traçado?

– Não – respondeu simplesmente Lespardat.

Labarthe, que era intelectual, observou que seria preciso prever, planejar, não se deixar apanhar desprevenido pelas circunstâncias.

– Sem dúvida – acrescentou – você será convidado aos bailes da prefeitura, e dançará com madame Pélisson. Sabe dançar? Mostra-me como você dança.

Lespardat levantou-se e, enlaçando a cadeira, ensaiou alguns volteios de valsa, com o jeito de um urso delicado.

Labarthe o examinava, muito grave, através do seu lornhão.

– Você é pesado, deselegante, não tem aquela morbidez irresistível que...

– Mirabeau dançava mal – argumentou Lespardat.

– Afinal – disse Labarthe –, é talvez a cadeira que não o inspira.

Quando se achavam os dois novamente na calçada úmida da estreita Rue Contrescarpe, encontraram raparigas que flanavam de um lado para outro entre o Carrefour Buci e os bares da Rue Dauphine. Quando uma delas, gorducha e pesadona, em seu triste vestido preto, passava taciturna, arrastando as pernas, sob um candeeiro, Lespardat agarrou-a subitamente pela cintura, soergueu-a e a fez valsar um par de giros sobre o pavimento oleoso e dentro da sarjeta, antes que ela se desse conta do que se passava.

Refeita da sua estupefação, ela pôs-se a berrar as mais torpes injúrias contra o cavalheiro que a conduzia com ímpeto irresistível. Ele mesmo fazia a orquestra com sua voz de barítono, cálida e cativante como uma fanfarra militar, e rodopiava com a mulher tão furiosamente que, respingados da água e da lama da rua, chocavam-se os dois de encontro aos varais dos fiacres que passavam, e sentiam no pescoço o bafo dos cavalos. Depois que dançaram algum tempo, ela, já sem cólera, descansando a cabeça no peito da rapaz, murmurou-lhe ao ouvido:

– Você é mesmo um belo menino. Deve fazê-las felizes, hein? As mulheres de Bullier!

– Basta, meu amigo – gritou-lhe Labarthe. – Não vai querer parar na delegacia. Vamos, você vai desagravar a magistratura!

Quatro meses depois, na claridade dourada de um dia de setembro, o senhor ministro da Justiça e dos Cultos, passando com seu secretário sob as arcadas da Rue de Rivoli, reconheceu o senhor Lespardat, substituto em Nantes, no exato momento em que o jovem magistrado entrava precipitadamente no Hôtel du Louvre.

– Labarthe – perguntou o ministro –, sabia que seu protegido está em Paris? Então ele não tem nada que o retenha em Nantes? Faz já algum tempo, me parece, que o senhor não me dá ciência de notas confidenciais a seu respeito. Sua estréia me parecia promissora, mas não sei ainda se ele corresponde inteiramente à impressão lisonjeira que o senhor havia formado sobre ele.

Labarthe tomou a defesa do substituto; lembrou ao ministro que Lespardat estava em gozo de licença regular; que em Nantes ele havia de pronto granjeado a confiança de seus superiores hierárquicos, conquistando ao mesmo tempo as boas graças do prefeito.

– O senhor Pélisson – acrescentou – não pode mais passar sem ele. É Lespardat quem organiza os concertos da prefeitura.

Entretanto, o ministro e o secretário prosseguiam em seu caminho, em direção à Rue de la Paix, ao longo das arcadas, detendo-se aqui e ali diante das vitrinas das lojas de fotografias.

– Há nudez em demasia em exibição nestas montras – disse o ministro. – Conviria reprimir a licença das exposições. Os estrangeiros nos julgam pelas aparências, e espetáculos como esses são capazes de prejudicar o bom nome do país e do regime.

De repente, à esquina da Rue de l'Échelle, Labarthe chamou a atenção do ministro para uma mulher que caminhava em dire-

ção a eles, rápida e velada. Mas Delarbre, tendo-a examinado, achou-a bastante vulgar, miúda demais, nada elegante.

– E mal calçada – disse ele. – Uma provinciana.

Depois que ela cruzara por eles, Labarthe falou:

– Vossa Excelência não se enganou. É madame Pélisson.

A esse nome, o ministro, interessado, voltou vivamente sobre seus passos. Por um vago senso de sua dignidade, não se atreveu a segui-la. Mas a curiosidade manifestava-se em seu olhar.

Labarthe encorajou-o.

– Aposto, senhor ministro, que ela não vai muito longe.

Apressaram ambos o passo e viram madame Pélisson seguir as arcadas, contornar a praça do Palais-Royal, depois, tendo lançado à direita e à esquerda olhares inquietos, desaparecer no Hôtel du Louvre.

Então, o ministro desatou a rir com uma risada gutural. Suas pequenas pupilas plúmbeas se acenderam. E ele proferiu entre dentes estas palavras que o secretário mais adivinhou do que entendeu:

– A magistratura está vingada!

Nesse mesmo dia, o imperador, instalado em Fontainebleau, fumava na biblioteca do palácio. Mantinha-se imóvel, com o ar de uma melancólica ave marinha, encostado ao armário onde é guardada a cota de malha de Monaldeschi. Viollet-le-Duc e Mérimée, ambos seus íntimos, estavam ao seu lado.

– Senhor Mérimée – perguntou ele –, por que o senhor aprecia as obras de Brantôme?

– Senhor – respondeu Mérimée –, eu reencontro nela a raça francesa, com seu lado bom e mau. Ela nunca está tão mal como quando falta um chefe que lhe mostre um nobre objetivo.

– Verdade? – tornou o imperador. – Vê-se isso em Brantôme?

– Vê-se também – continuou Mérimée – a influência das mulheres nos negócios do Estado.

Nesse momento madame Ramel entrou na galeria. Napoleão havia ordenado que a deixassem vir a ele, tão logo se apresentasse. À vista da sua irmã de leite, ele deixou transparecer toda a alegria que seu semblante mudo e triste era capaz de refletir.

– Minha boa madame Ramel – falou –, como vai seu sobrinho em Nantes? Está contente?

– Mas, senhor – disse madame Ramel –, ele não foi enviado. Um outro foi nomeado em seu lugar.

– É estranho – murmurou o soberano, pensativo.

Depois, pousando a mão no ombro do acadêmico:

– Meu caro senhor Mérimée, há quem pense que eu regulo os destinos da França, da Europa e do mundo. E eu não sou capaz de fazer nomear um substituto de sexta classe, com vencimentos de 2.400 francos.

15

Terminada a leitura, monsieur Bergeret dobrou seu manuscrito e meteu-o no bolso. Os senhores Mazure, Paillot e de Terremondre inclinaram a cabeça três vezes em silêncio.

Depois, esse último colocou a mão no braço de Bergeret:

– O que o senhor acaba de ler, meu caro – disse –, é verdadeiramente...

Nesse ponto, Léon precipitou-se loja adentro e exclamou com emoção e gravidade:

– Acabam de encontrar madame Houssieu estrangulada em sua cama.

– É inacreditável! – disse o senhor de Terremondre.

– Pelo estado do corpo – acrescentou Léon –, presumem que a morte se deu há três dias.

– Nesse caso – observou o senhor Mazure, o arquivista –, o crime teria sido cometido no sábado.

Paillot, o livreiro, que até aí permanecera mudo e boquiaberto, reverente em face da morte, recompôs suas lembranças.

– Sábado, pelas cinco horas da tarde, ouvi muito bem gritos abafados e o baque surdo produzido pela queda de um corpo. Cheguei mesmo a dizer a estes senhores (voltou-se para monsieur Bergeret e para o senhor de Terremondre) que algo de extraordinário se passava na casa da rainha Margarida.

Ninguém atestou a primazia que se atribuía o livreiro, o único, pela acuidade dos sentidos e sutileza de julgamento, a suspeitar do ato no momento em que se cumpria.

Após um silêncio respeitoso, Paillot prosseguiu:

– Na noite de sábado para domingo, eu disse a senhora Paillot: "Não se ouve mais nada na casa da rainha Margarida."

O senhor Mazure perguntou a idade da vítima. Paillot respondeu-lhe que madame Houssieu teria entre 79 e 80 anos, era viúva havia cinqüenta anos, possuía terras, valores e considerável soma em dinheiro, mas, sovina e excêntrica, não tinha nenhuma criada, cozinhava ela mesma sua comida na lareira do quarto e vivia sozinha em meio aos destroços da mobília e da baixela, recobertos da poeira de um quarto de século. Havia mais de 25 anos, com efeito, que a casa da rainha Margarida não era varrida uma só vez. A senhora Houssieu saía pouco, abastecia-se de víveres para uma semana inteira e não recebia ninguém, salvo o entregador do açougue e dois ou três rapazolas portadores de recados.

– E acreditam que o crime foi cometido na tarde de sábado? – inquiriu o senhor de Terremondre.

– Há dúvidas, por causa do estado do corpo – informou Léon. – Dizem que está horrível de ver-se.

– Sábado à tarde – falou o senhor de Terremondre – nós estávamos aqui, separados apenas por uma parede da cena medonha, e falávamos de coisas triviais.

Fez-se novo silêncio prolongado. Depois alguém perguntou se o assassino fora preso, ou se ao menos era conhecido. Mas Léon, em que pese seu empenho, não foi capaz de esclarecer essas questões.

Uma sombra, cada vez mais espessa e de aparência fúnebre, estendia-se sobre a livraria. Era produzida pela massa escura de curiosos aglomerados na praça defronte à casa do crime.

– Com certeza, esperam o comissário de polícia e o magistrado – disse o arquivista Mazure.

Paillot, que era dotado de uma prudência refinada, temendo que a turba lhe quebrasse os vidros das vitrinas, ordenou a Léon que fechasse as portas.

– Deixe aberta – disse ele – somente a vitrine que dá para a Rue des Tintelleries.

A medida de precaução revestiu-se assim de um certo cunho de delicadeza ética. Os cavalheiros do "canto dos alfarrábios" deram-lhe sua aprovação. Mas como a Rue des Tintelleries era estreita, e porque, daquele lado, cartazes e desenhos cobriam as vidraças, a loja achou-se mergulhada na escuridão.

O rumor da multidão, até então imperceptível, era ouvido na penumbra e prolongava-se, surdo, grave, quase terrível, exprimindo a unanimidade do sentimento moral.

O senhor de Terremondre, emocionado, traduziu de novo o pensamento que o chocara.

– É incrível – disse. – Enquanto o crime acontecia tão perto, nós conversávamos tranqüilamente sobre coisas triviais.

Então monsieur Bergeret inclinou a cabeça sobre o ombro esquerdo, com o olhar ao longe, e falou:

– Caro senhor, permita-me dizer-lhe que não há nisso nada de singular. Não é habitual, quando um ato criminoso é cometido, que as conversações ao redor da vítima se interrompam por si mesmas, em um raio de algumas léguas ou mesmo de alguns passos. Uma ação, mesmo inspirada pelo pensamento mais infame, não produz senão efeitos naturais.

O senhor de Terremondre não respondeu a esse discurso, e os demais ouvintes desviaram os olhos de monsieur Bergeret com um vago sentimento de inquietude e de reprovação.

Ainda assim, o docente da Faculdade de Letras prosseguiu:

– E por que deveria um ato tão natural e freqüente como o assassinato produzir efeitos raros e singulares? Matar é corriqueiro para o animal, e sobretudo para o homem. O homicídio foi por longo tempo admirado nas sociedades humanas como um ato valoroso, e alguns traços dessa antiga admiração subsistem ainda em nossos costumes e instituições.

– Que traços? – quis saber o senhor de Terremondre.

– Eles podem ser notados – respondeu monsieur Bergeret – nas honras que se prestam aos militares.

– Não é a mesma coisa – objetou o senhor de Terremondre.

– Por certo – disse monsieur Bergeret. – Mas todas as ações humanas são movidas ou pela fome ou pelo amor. A fome induziu os bárbaros à matança, impeliu-os às guerras e às invasões. Os povos civilizados são como os cães de caça. Um instinto corrupto os incita a destruir sem proveito nem razão. O despropósito das guerras modernas chama-se interesse dinástico, nacionalidade, equilíbrio europeu, honra. Este último motivo é talvez, de todos, o mais extravagante, pois não há um povo no mundo que não seja contaminado por todos os crimes e coberto de todas as vergonhas. Não há um só que não haja sofrido todas as humilhações que a fortuna possa infligir a uma miserável manada de criaturas. Se apesar de tudo subsiste ainda alguma honra entre os povos, um estranho meio de defendê-la é fazer a guerra, ou seja, cometer todos os crimes pelos quais um indivíduo se degrada: incêndio, rapina, violação, morte. E quanto às ações movidas pelo amor, essas são, na maior parte, tão violentas, tão furiosas, tão cruéis quanto as ações inspiradas pela fome, o que leva a concluir que o homem é uma besta malfazeja. Resta, no entanto, indagar por que eu me dou conta disso, por que motivo isso me causa horror e indignação. Se não existisse outra coisa além do mal, ele não seria percebido, como a noite não teria nome se o sol jamais se levantasse.

Contudo, o senhor de Terremondre havia exagerado um pouco na sua profissão de dignidade e solidariedade humana, ao censurar-se por ter estado a conversar de modo jovial e descuidado no minuto do crime e tão perto da vítima. Ele começou a ver o fim trágico da viúva Houssieu como um acidente familiar que se pode encarar de frente, e do qual se tiram conseqüências. Pensou que agora nada mais o impedia de comprar a casa da rainha Margarida, para ali dispor suas coleções de móveis, faianças e tapeçarias, e constituir assim uma espécie de museu municipal. Como prêmio por seu zelo e generosidade, contava receber, com os louvores de seus compatriotas, a cruz da Legião de Honra e, quem sabe, o título de correspondente do Instituto.

Ele tinha no Comitê de Inscrição dois ou três camaradas, solteirões como ele, com quem às vezes almoçava em Paris em algum cabaré, contando histórias de mulheres. E não havia correspondente na região.

Com isso, já lhe ocorria desvalorizar o imóvel cobiçado.

– Ela já quase não se sustenta de pé – disse –, a casa da rainha Margarida. Os vigamentos estavam-se desfazendo em pedaços sobre a pobre octogenária. Seria preciso gastar somas enormes para restaurá-la.

– O melhor – disse o arquivista Mazure – seria pô-la abaixo e transportar a fachada para o pátio do museu. Seria, com efeito, uma pena abandonar aos demolidores o escudo de Philippe Tricouillard.

Ouviu-se grande agitação na massa humana que enchia a praça. Era a polícia que avançava sobre o povo para abrir passagem aos magistrados até a cena do crime.

Paillot meteu o nariz pela porta entreaberta.

– Vejam – disse –, o senhor Roquincourt, o juiz de instrução, com o seu escrivão, o senhor Surcouf. Eles entraram na casa.

Os acadêmicos do "canto dos alfarrábios" haviam-se esgueirado, um após outro, por trás do livreiro, para o passeio da Rue des Tintelleries, de onde observavam os movimentos da multidão que burburinhava na Place Saint-Exupère.

Paillot reconheceu no ajuntamento o primeiro presidente Cassignol. O velho fazia seu giro cotidiano. A plebe alvoroçada, que o havia surpreendido em seu itinerário, perturbava sua marcha miúda e sua vista enfraquecida. Ele caminhava, ereto e firme, levando erguida a mirrada cabeça de cabelos brancos.

Paillot correu até ele, tirou seu barrete de veludo e, pegando-lhe o braço, convidou-o a vir sentar-se na livraria.

– Que imprudência a sua, senhor Cassignol, atravessar essa balbúrdia. Dir-se-ia uma arruaça.

À palavra arruaça, o velho teve como que a visão do século revolucionário do qual ele vivera três quartos. Entrava nos seus 87 anos e já contava 25 de dignidade honorária.

Amparado pelo livreiro Paillot, ele atravessou a loja e sentou-se em uma cadeira de palha, entre os acadêmicos. Sua bengala de junco, com castão de prata, tremia-lhe nas mãos entre as coxas magras. Ele mantinha as costas mais tesas que o espaldar da cadeira. Tirou os óculos de tartaruga para limpá-los e recolocou-os muito devagar. Tinha perdido a memória das fisionomias e, embora ouvindo mal, era pela voz que reconhecia as pessoas.

Em poucas palavras, indagou a causa dos agrupamentos formados na praça, e mal escutou a resposta que lhe deu o senhor de Terremondre. Seu cérebro, lúcido mas endurecido, como que conservado em mirra, não mais recebia nenhuma impressão nova, ao passo que as idéias e paixões antigas nele permaneciam profundamente arraigadas.

Bergeret, Mazure e Terremondre, de pé, o rodeavam. Ignoravam sua história, perdida num passado imemorial. Sabiam apenas que ele fora discípulo, amigo e companheiro de Lacordaire e de Montalembert, que resistira ao Império dentro dos estritos limites do seu direito e da sua função, que sofrera outrora as afrontas de Louis Veuillot, e que todos os domingos ia à missa, com um grosso livro sob o braço. Como toda a cidade, viam-no, acompanhado de sua provecta retidão e da glória de ter sustentado a vida inteira a causa da liberdade. Mas nenhum deles teria sabido dizer de que forma ele era liberal, pois nenhum chegara a ler esta frase de uma brochura publicada pelo senhor Cassignol em 1852 sobre as questões com Roma: "Não há liberdade senão aquela que crê em Jesus Cristo e na dignidade moral do homem." Dizia-se que, conservando, apesar dos anos, a atividade da mente, ele classificava sua correspondência e trabalhava num livro sobre as relações entre a Igreja e o Estado. Falava ainda com fluência e vivacidade.

Na conversação, que ele acompanhava mal, ouvindo pronunciar o nome do senhor Garrand, procurador da República, ele falou, fitando o punho da bengala como se fosse esta a única testemunha sobrevivente dos dias de outrora:

– Conheci em 1838, em Lyon, um procurador do rei que tinha em alta conta suas funções. Sustentava que um dos atributos do ministério público era a infalibilidade, e que o procurador do rei não podia se enganar, não mais que o próprio rei. Chamava-se senhor de Clavel, e deixou obras apreciáveis sobre a instrução criminal.

E o velhote calou-se, solitário, com suas reminiscências, em meio aos homens.

Paillot, no vão da porta, olhava para fora.

– Eis o senhor Roquincourt deixando a casa.

O senhor Cossignol, rememorando coisas do passado, disse:

– Eu fiz minha estréia no ministério público sob as ordens do senhor de Clavel, que me repetia sempre: "Compenetre-se bem nesta máxima: o interesse do réu é sagrado, o interesse da sociedade é duas vezes sagrado, o interesse da Justiça é três vezes sagrado." Os princípios metafísicos tinham, então, mais força sobre os espíritos do que têm hoje em dia.

– Isso é bem verdade – disse o senhor de Terremondre.

– Estão levando um criado-mudo, baixelas e roupas brancas em um carrinho de mão – disse Paillot. – Naturalmente, são elementos de prova.

O senhor de Terremondre, não mais podendo conter-se, foi ver carregar a viatura. De repente, com o cenho franzido, exclamou:

– Ora essa!

E, ao olhar interrogativo de Paillot, respondeu:

– Nada! Nada!

Conhecedor sutil, ele distinguira, entre os objetos apreendidos, uma jarra de porcelana *à la Reine*, e firmara a intenção de, passado o julgamento, recorrer aos préstimos do escrivão Surcouf, que era serviçal. Ele usava de artimanhas para formar suas coleções. "Faz-se o que se pode", dizia a si mesmo. "Os tempos são duros."

– Fui nomeado substituto aos 22 anos – continuou o senhor Cassignol. – Nessa época, os meus longos cabelos cacheados e as minhas bochechas imberbes e rosadas davam-me um ar de juventude que muito me consternava. Para inspirar respeito, eu tinha de afetar uma expressão grave e manter a fisionomia severa. A diligência com que exerci minhas funções foi recompensada. Aos 33 anos, eu era procurador-geral em Puy.

– É uma cidade pitoresca – disse o senhor Mazure.

– Em virtude das minhas novas atribuições, aconteceu-me ter de atuar em um caso pouco interessante, considerando-se apenas a natureza do crime e o caráter do acusado, mas não desprovido de importância, já que se tratava de fazer rolar uma cabeça. Um fazendeiro muito rico fora encontrado assassinado na cama. Omitirei as circunstâncias do crime, embora elas me tenham ficado gravadas na memória; é que foram das mais banais. Bastará dizer que, desde o princípio da instrução, as suspeitas recaíram sobre um lavrador, empregado da vítima. O homem teria cerca de 30 anos de idade. Chamava-se Poudrailles, Hyacinthe Poudrailles. Tinha desaparecido inesperadamente no dia seguinte ao do crime. Fora encontrado em um cabaré, onde fazia grandes despesas. Fortes suspeitas apontavam-no como autor do assassinato. Verificaram que ele estava de posse de uma soma de 60 francos, cuja proveniência ele não pôde justificar; suas roupas mostravam vestígios de sangue. Duas testemunhas o tinham visto rondar a fazenda na noite do crime. É verdade que uma outra lhe forneceu um álibi; mas era uma testemunha de imoralidade notória. A instrução fora muito bem conduzida por um juiz de competência consumada. O libelo acusatório fora elaborado com grande proficiência. Mas Poudrailles não confessou. Na audiência, e em todo o curso dos debates, fechou-se numa rede de negativas de que ninguém pôde fazê-lo sair. Eu preparara meu requisitório com todo o cuidado de que era capaz, e com a consciência de um jovem empenhado em mostrar-se à altura de suas elevadas funções. Pus em pronunciá-lo todo o ardor da minha idade. O álibi fornecido pela senhora Cortot, que alegava ter hospedado Poudrailles em sua casa, em Puy, durante a noite do crime, me embaraçava bastante. Fiz tudo por destruí-lo. Ameacei a Cortot com as penas reservadas ao falso testemunho. Um dos meus argumentos impressionou sobremodo o espírito dos jurados. Lembrei-os de que, segundo os depoimentos dos vizinhos, os cães de guarda não haviam ladrado para o assassino. O que significava que o conheciam. Não era, pois, um estranho. Era o agregado, era Poudrailles. Encerrando, pedi-lhe a cabeça. E a obtive. Poudrailles foi condenado à morte pela maioria dos votos. Após a leitura da sentença, ele gritou com voz forte: "Eu sou inocente!" Então, uma dúvida terrível me assaltou. Imaginei que, apesar de tudo, ele poderia estar dizendo a verdade, e que a certeza que eu imprimira na mente dos jurados não existia em mim. Meus confrades, meus mestres, meus colegas veteranos e até o advogado do réu vieram felicitar-me pelo meu belo êxito, aplaudindo minha jovem e temível eloqüência. Aqueles louvores me eram gratos. Os senhores conhecem o pensamento sutil de Vauvenargues sobre os primeiros raios da glória. No entanto, a voz de Poudrailles bradando "Eu sou inocente!" ressoava em meus ouvidos. Persistiam-me dúvidas, e eu sentia a necessidade incessante de deslindar para mim mesmo meu requisitório. A apelação de Poudrailles foi negada, e as minhas incertezas aumentaram. Nessa época, não era com muita freqüência que um indulto suspendia uma sentença de morte. Poudrailles implorou em vão a comutação da pena. Na manhã do dia marcado para a execução, quando o cadafalso já fora erigido no Martouret, eu me dirigi à prisão, fiz que me abrissem a cela do condenado e, ficando a sós com ele, falei-lhe: "Nada mais poderá mudar seu destino. Se é que lhe resta algum bom sentimento, Poudrailles, em benefício da sua alma e para o descanso da minha, diga-me se é culpado do crime pelo qual foi condenado." Ele me encarou por alguns instantes sem responder. Posso ver ainda sua face chata e sua grande boca muda. Foi para mim um momento de terrível angústia. Por fim ele balançou a cabeça de alto a baixo e murmurou em voz fraca mas distinta: "Agora que não tenho mais esperança, não me importa dizer: eu fiz a coisa. E foi bem mais difícil do que pensam, pois o velho era forte. E era malvado, também." Ouvindo essa confissão suprema, deixei escapar um grande suspiro de alívio.

O senhor Cassignol calou-se, fitou longamente o castão da bengala com suas pupilas baças e desbotadas, depois pronunciou estas palavras:

– Durante minha longa carreira de magistrado, jamais tive conhecimento de um erro judiciário.

– Eis aí uma declaração tranqüilizadora – disse o senhor de Terremondre.

– E que a mim me gela de pavor – murmurou monsieur Bergeret.

16

Nesse ano, como nos outros, o prefeito Worms-Clavelin foi caçar em Valcombe, na propriedade do senhor Delion, mestre de forja e conselheiro-geral, que possuía as melhores terras de caça da região. O prefeito se divertia bastante em Valcombe. Lisonjeava-se de lá encontrar pessoas bem-nascidas, notadamente os Gromance e os Terremondre, e experimentava um deleite íntimo em despedaçar faisões. Assim, ele era visto a percorrer as trilhas do bosque numa euforia exuberante. Atirava com as pernas escanchadas, com meneios de ombros, inclinações de cabeça, piscamentos de olhos e franzimentos de testa, à maneira dos locatários de Bois-Colombes, *bookmakers* e botequineiros, seus primeiros companheiros de caçadas. Anunciava ruidosamente, com alegria indiscreta, as peças que abatia; e, atribuindo-se às vezes as que os seus vizinhos faziam tombar perto dele, despertava irritações que aplacava de pronto pelo seu inabalável bom humor e por uma completa inconsciência de ter sido capaz de agradar a alguém. Em toda a sua atitude, combinava agradavelmente a importância do funcionário com a familiaridade do conviva jovial. Dirigindo-se às pessoas, usava seus títulos como apelativos de amizade; e, sabendo, como todo o departamento, que o senhor de Gromance era copiosamente chifrado pela mulher, a cada encontro e sem razão aparente aplicava tapinhas afetuosos naquele cavalheiro cerimonioso. Entre o grupo de Valcombe ele se sentia querido, e não se enganava de todo. Quando, com suas maneiras inconvenientes e seu ar de bajulador, ele não atirava grãos de chumbo ou impertinências à face das pessoas, achavam-no esperto e diziam até que, no fundo, não era desprovido de tato.

Nesse ano ele fizera mais sucesso que nunca no mundo capitalista. Sabiam-no contrário ao imposto sobre a renda que, a portas fechadas, ele qualificara com felicidade de inquisitorial. Em Valcombe ele recolhia as felicitações da sociedade reconhecida, e madame Delion, adoçando para ele seus olhos azuis de aço e sua ampla fronte coroada de bandós cinzentos, dirigia-lhe sorrisos.

Saindo de seu quarto, onde se havia vestido para o jantar, ele viu deslizar no corredor sombrio, com um rumor de estofos e berloques, a figura sinuosa de madame de Gromance, cujas espáduas nuas pareciam mais nuas na penumbra. Alcançou-a de um salto, agarrou-a pela cintura e deu-lhe um beijo na nuca. Como ela se desvencilhasse prontamente, disse-lhe em tom de censura:

– Por que não eu também, condessa?

Então ela deu-lhe uma bofetada que o deixou surpreso.

No patamar do andar térreo ele encontrou Noémi que, muito decorosa no seu vestido de cetim preto, recoberto de tule preto, esticava devagar suas longas luvas em torno dos braços. Ele fez-lhe com o olho um pequeno sinal amistoso. Era bom marido, tinha pela mulher grande estima e certa admiração.

Ela a merecia. Era preciso que fosse de uma rara habilidade para não desagradar à sociedade anti-semita de Valcombe. E ela não era em absoluto malvista. Havia até mesmo granjeado simpatias. E, o que era mais de admirar, fazia por não parecer estrangeira.

No grande salão frio de província, ela mostrava um semblante espantado e uma postura plácida que faziam duvidar do seu espírito, mas que a figuravam honesta, bondosa e doce. Diante de madame Delion e das outras mulheres, ela admirava, aprovava e se calava. E se um homem de algum espírito ou de alguma utilidade lhe dirigia a palavra em particular, fazia-se ainda mais plácida e modesta, e, tímida, os olhos baixos, lançava-lhe subitamente alguma ousadia imprevista que o lisonjeava, e que ele tomava por um favor especial, vindo como vinha de uma boca tão prudente e de uma alma tão secreta. Assim ela conquistava o coração dos velhos galanteadores. Sem um gesto, sem um movimento, sem manobrar o leque, com um tremor imperceptível dos cílios, um rápido franzir dos lábios, insinuava-lhes idéias que os envaideciam. À sua sedução não escapou o próprio senhor Mauricet, emérito conhecedor, que dizia dela:

– Ela sempre foi feia, não é mais jovem, mas é uma mulher!

O senhor Worms-Clavelin foi colocado à mesa entre madame Delion e madame Laprat-Teulet, esposa do senador por... Madame Laprat-Teulet era uma criaturinha pálida, que dava sempre a impressão de estar sendo vista através de uma gaze, tão lânguidos eram os seus traços. Quando jovem, fora temperada na religião como se em óleo. Casada com um homem astuto, que a desposara pela sua fortuna, macerava-se em uma devoção untuosa, enquanto o marido cuidava dos próprios interesses no anticlericalismo e nas festas seculares. Ela se dedicava ininterruptamente a pequenas práticas pias. E, profundamente cônscia do seu papel de esposa, na ocasião em que foi apresentado ao Senado um pedido de autorização de processo contra Laprat-Teulet e alguns outros senadores, ela fez queimar dois círios na Igreja de Saint-Exupère, ao pé da imagem multicor de Santo Antônio, para obter do glorioso santo que o marido se beneficiasse de uma sentença de arquivamento. E foi como terminou o caso. Discípulo de Gambetta, o senhor Laprat-Teulet possuía certos papéis cujas reproduções fotográficas, em tempo hábil, tratara de enviar ao Guarda dos Selos. Madame Laprat-Teulet, no fervor da sua gratidão, mandou assentar na parede da capela, como ex-voto, uma placa de mármore com a seguinte inscrição redigida pelo próprio reverendo monsenhor Laprune: *A Santo Antônio, por uma graça inesperada, os agradecimentos de uma esposa cristã.*

Depois disso, o senhor Laprat-Teulet foi reabilitado. Ele deu garantias sérias aos conservadores, que pensavam em utilizar suas grandes capacidades de financista na luta contra o socialismo. Sua situação política voltou a ser boa, sob a condição de nada precipitar e de não assumir pessoalmente o poder. E, com seus dedos de cera, madame Laprat-Teulet bordava toalhas de altar.

– Então, madame – disse-lhe o prefeito após a sopa –, têm prosperado suas boas obras? Sabia que, depois da generala Cartier de Chalmot, a senhora é a dama do departamento que preside o maior número de obras?

Ela não respondeu. Ele lembrou-se de que ela era surda, e voltou-se para madame Delion:

– Fale-me, por favor, madame, sobre a obra de Santo Antônio. É a pobre madame Laprat-Teulet quem me faz pensar nela. Diz-me minha mulher que é uma devoção nova que faz furor no departamento.

– Madame Worms-Clavelin tem razão, meu caro senhor. Somos todas devotas de Santo Antônio.

Ouviu-se, então, o senhor Mauricet que, em resposta a uma observação perdida no burburinho, dizia ao senhor Delion:

– O senhor é muito amável, meu caro senhor. O Puits-du-Roi, assaz negligenciado desde Luís XVI, não se compara a Valcombe. Há pouca caça. No entanto, um caçador furtivo de raros méritos, chamado Rivoire, que honra o Puits-du-Roi com suas visitas noturnas, mata lá faisões em quantidade. E o senhor devia ver o velho trabuco com que ele atira. Uma peça de museu. Ele um dia teve a bondade de deixar-me examiná-lo à vontade. Imagine que...

– Contaram-me, madame – disse o prefeito –, que as devotas dirigem seus pedidos a Santo Antônio em um invólucro fechado, e que não se paga senão depois de atendido o rogo.

– Não caçoe – respondeu madame Delion. – Santo Antônio concede muitas graças.

– ... é o cano – prosseguia o senhor Mauricet – de um velho fuzil de munição que foi cortado e montado numa espécie de charneira, de modo a bascular, e...

– Eu pensava – retrucou o prefeito – que a especialidade de Santo Antônio fosse encontrar objetos perdidos.

– É por isso – replicou madame Delion – que lhe fazem tantos pedidos.

E acrescentou, suspirando:

– Quem, neste mundo, já não perdeu algum bem precioso? A paz de espírito, a tranqüilidade de consciência, uma amizade de infância ou... o afeto do marido? Então, recorre-se a Santo Antônio.

– Ou ao seu companheiro – rematou o prefeito, a quem os vinhos do mestre de forja haviam posto alegre, e que confundia, em sua inocência, Santo Antônio de Pádua com Santo Antônio Eremita.

– Mas – perguntou o senhor de Terremondre – não é esse Rivoire que tem o título de caçador da prefeitura?

– Engano seu, senhor de Terremondre – replicou o prefeito. – Ele foi investido na função ainda mais respeitável de caçador do arcebispado. É ele quem provê a mesa de Sua Eminência.

– Ele se presta também a colocar sua indústria a serviço da corte de Justiça – disse o presidente Peloux.

O senhor Delion e a generala Cartier de Chalmot trocavam palavras em voz pausada.

– Minha cara senhora, meu filho Gustave vai fazer este ano o serviço militar. Muito me agradaria que ele fosse colocado sob as ordens do general Cartier de Chalmot.

– Não deseje isso, senhor. Meu marido é inimigo de favores e avaro com as licenças; ele quer que os filhos de boas famílias dêem o exemplo do trabalho. E incutiu seus princípios em todos os seus coronéis.

– ... e o tal cano de fuzil – continuava o senhor Mauricet – não corresponde a nenhum calibre catalogado, de modo que Rivoire só pode usar cartuchos muito pequenos. Como é fácil imaginar...

O prefeito tecia considerações que visavam convencer madame Delion a aderir totalmente ao regime, e as encerrou com este elevado pensamento:

– Quando o czar vier em visita à França, é preciso que a República se identifique com as altas classes da nação para pô-las em contato com nossa grande aliada, a Rússia.

Entrementes Noémi acolhia, com serenidade de madona, os pés do presidente Peloux, que procuravam os dela sob a mesa.

O jovem Gustave disse em voz baixa a madame de Gromance:

– Espero que desta vez a senhora não me deixe plantado, como no dia em que ficou a flanar com esse velho janota Mauricet, enquanto eu não tinha outra distração no seu salão dourado que a de analisar o movimento do pêndulo do relógio.

– Que excelente pessoa é madame Laprat-Teulet! – exclamou madame Delion num súbito rasgo de cordialidade.

– Excelente – disse o prefeito, engolindo um pedaço de pêra. – Pena que seja surda como uma porta. O marido também é um homem extraordinário, e muito inteligente. Vejo com prazer que começam a mudar de idéia a seu respeito. Ele passou por uma fase difícil. Os inimigos da República tentaram comprometê-lo para desacreditar o regime.

 Foi vítima de manobras que visavam afastar do Parlamento

as altas personalidades pertencentes ao mundo dos negócios. Tal afastamento rebaixaria o nível da representação nacional, e seria deplorável sob todos os aspectos.

Ficou pensativo por alguns instantes; depois disse com melancolia:

– Aliás, não se podem mais produzir escândalos: não se fazem mais negócios. Esta é uma das conseqüências mais lamentáveis dessa campanha de difamação, conduzida com uma audácia inaudita.

– É bem possível! – suspirou madame Delion, inspirada e pensativa.

E de súbito, mudando o tom:

– Senhor prefeito, devolva-nos nossos bons religiosos, faça voltarem as irmãs de caridade aos hospitais e deixe entrar Deus nas escolas de onde os senhores o expulsaram. Não nos impeça mais de fazer dos nossos filhos bons cristãos e... então estaremos bem próximos de nos entender.

Ouvindo estas palavras, o senhor Worms-Clavelin levantou as mãos, segurando a faca em que espetara um pedaço de queijo, e bradou com a sinceridade que lhe era peculiar:

– Ora, madame! Não vê então que as ruas da cidade estão pretas de batinas, e que há frades por detrás de todos os parlatórios? E quanto ao seu jovem Gustave, palavra que não sou eu quem o impede de ir à missa todos os dias, em lugar de correr atrás dos rabos-de-saia!

E o senhor Mauricet concluía a descrição do prodigioso bacamarte em meio à algazarra de vozes, ao ecoar de risos e ao leve tilintar dos talheres de prata de encontro às porcelanas.

O prefeito Worms-Clavelin, que estava ansioso por fumar, foi o primeiro a passar à sala de bilhar. Foi seguido de perto pelo presidente Peloux, a quem estendeu um charuto:

– Aceite, por favor; é excelente.

E aos agradecimentos do senhor Peloux respondeu, mostrando a caixa de *regalias*:

– Não me agradeça: o charuto é do dono da casa.

Essa piada era-lhe habitual.

O senhor Delion apareceu por fim, conduzindo o grosso dos convidados que, mais gentis, tinham ficado a conversar por alguns minutos com as senhoras. Escutava com benevolência o senhor de Gromance, que discorria sobre como é importante na caça avaliar corretamente as distâncias.

– Assim – dizia este – uma lebre parece relativamente afastada em um terreno acidentado, ao passo que, em campo limpo, parece estar ainda ao alcance a mais de 50 metros. É isto que explica...

– Vamos – disse o prefeito Worms-Clavelin, apanhando um taco no cabide. – Que tal, Peloux, jogamos uma partida?

O prefeito Worms-Clavelin era um jogador razoável; mas o presidente Peloux o deixava em vantagem. Um obscuro procurador normando que, após uma ruinosa transação de terrenos, fora obrigado a vender sua banca, foi nomeado juiz na época em que a República expurgava a magistratura. Enviado de um extremo a outro da França, a tribunais em que os conhecimentos jurídicos eram pouco mais que inúteis, sua experiência no ramo o tornava proveitoso, e suas relações ministeriais propiciavam-lhe progressos. Mas os vagos rumores em torno do seu passado perseguiam-no por toda parte, e as altas rodas não lhe tinham consideração. Com bem-humorada discrição, ele soube suportar o prolongado desdém. Recebia as afrontas com tranqüilidade. O senhor Lerond, substituto demissionário, na ocasião advogando no foro de..., dizia dele no salão dos Passos Perdidos: "É um homem de espírito, que mede o caminho entre sua cadeira e o banco dos réus." No entanto, o reconhecimento público que ele não buscara, e que lhe fugia, numa viravolta brusca viera a ele. Passados dois anos, toda a sociedade da comarca tinha o presidente Peloux por um magistrado virtuoso. Admiravam-lhe a coragem desde quando, tranqüilo, a sorrir entre os seus dois pálidos assistentes, ele condenara a cinco anos de prisão três operários anarquistas, acusados de ter distribuído nas casernas cartazes que exortavam os povos à fraternidade.

– Doze a quatro – anunciou o presidente Peloux.

Tendo durante longo tempo praticado na taberna sossegada da capital de um cantão rural, ele se aperfeiçoara num jogo cerrado de mestre. Concentrava as bolas num canto restrito do bilhar e fazia a série. O prefeito Worms-Clavelin praticava o estilo mais largo, sublime e aventuroso dos *cafés-artistes* de Montmartre e de Clichy. E, atribuindo à mesa o insucesso de suas jogadas temerárias, queixava-se da dureza das tabelas.

– Na Tuilière – contou o senhor de Terremondre –, na casa do meu primo Jacques, existe um bilhar de ventanilhas que data do reinado de Luís XV, em uma sala abobada, muito baixa, de pedra mole caiada, onde ainda se lê esta inscrição: "Roga-se aos cavalheiros não roçarem os tacos nas paredes." Recomendação que não foi atendida, pois a abóbada é pontilhada de pequenos buracos redondos, cuja origem é precisamente explicada pela inscrição.

De todos os lados, diversas vozes ao mesmo tempo pediam ao senhor Peloux pormenores sobre o acontecido na casa da rainha Margarida. O assassinato da viúva Houssieu, que emocionara toda a redondeza, excitava ainda a curiosidade. Ninguém ignorava que acusações esmagadoras pesavam sobre um empregado de açougue de 19 anos, chamado Lecoeur, que era visto duas vezes por semana entrar, com seu cesto à cabeça, na mansão da velha dama. Sabia-se também que a acusação detinha por cumplicidade dois aprendizes tapeceiros, de 14 e 16 anos, e dizia-se que o crime fora cometido em circunstâncias que tornavam o relato particularmente escabroso

Interrogado sobre este ponto, o presidente Peloux ergueu de sobre o bilhar sua cabeça redonda e ruiva e piscou um olho:

– A instrução está encerrada. Reconstituíram-se em todos os detalhes os lances do crime. Não creio que possa subsistir qualquer dúvida quanto aos atos de devassidão que o precederam, e que favoreceram sua perpetração.

Apanhou o cálice, tomou um gole de *armagnac*, estalou a língua e disse:

– Céus! É um veludo!

E, como um círculo de curiosos se comprimisse em torno dele pedindo pormenores, o magistrado revelou em voz baixa certas circunstâncias que provocaram um zunzum de espanto e murmúrios de repulsa.

– Como é possível? – dizia-se. – Uma octogenária!

– O fato – continuou o senhor Peloux – não é único. Acreditem na minha experiência de magistrado. E os jovens velhacos dos subúrbios conhecem o assunto há muito mais tempo do que nós. O crime da casa da rainha Margarida é de um gênero conhecido, classificado: de um tipo clássico, pode-se dizer. Eu tinha farejado de pronto a depravação senil, e via muito bem que Roquincourt, encarregado da instrução, seguia uma pista falsa. Ele havia feito prender, naturalmente, todos os vadios e vagabundos que erravam pelos arredores, até bem longe. Todos despertavam suspeitas; e o que acabou de desorientá-lo foi que um deles, Sieurin, conhecido por Pied-d'Alouette, reincidente contumaz, fez confissões.

– Como assim?

– Ele se aborrecia na prisão. Haviam-lhe prometido uma porção de tabaco de cantina se ele confessasse. Ele confessou. Contou tudo que quiseram. Esse Sieurin, que sofreu 37 condenações por vadiagem, é incapaz de matar uma mosca. Jamais cometeu um furto. É um simplório, uma criatura inofensiva. Na hora do crime, foi visto pelos gendarmes na Côte Duroc fazendo cestas de palha e barquinhos de cortiça para as crianças da escola.

O presidente Peloux recomeçou a jogar.

– Noventa a quarenta... Nesse meio tempo, Lecoeur contava a todas as mulheres do Quartier des Carreaux que era o autor do golpe, e as proprietárias das casas de tolerância levaram ao comissário de polícia os brincos, o colar e os anéis da viúva Houssieu, que o rapaz do açougue distribuíra entre as suas pensionistas. Esse Lecoeur, como tantos outros assassinos, denunciou-se a si mesmo. Mas Roquincourt, furioso, manteve Sieurin, vulgo Pied-d'Alouette, na prisão. Ele continua lá. Noventa e nove... e cem.

– A negra! – disse o prefeito Worms-Clavelin.

– Quer dizer, então – murmurou o senhor Delion –, que aquela mulher de 83 anos ainda tinha... É incrível!

Mas o doutor Fornerol, apoiando a opinião do presidente Peloux, afirmou que o caso não era tão raro quanto se julgava, e forneceu explicações fisiológicas, que foram escutadas com interesse. Depois passou a citar diversos casos de aberrações genéticas e concluiu assim:

– Se o diabo coxo, carregando-nos pelos ares, levantasse aos nossos olhos os telhados da cidade, haveríamos de ver espetáculos espantosos, e ficaríamos estupefatos de descobrir entre os nossos concidadãos tantos maníacos, pervertidos, lunáticos e lunáticas.

– Ora! – disse o prefeito Worms-Clavelin. – É melhor não olhar muito de perto. Toda essa gente, tomada em particular, é talvez o que o senhor diz; mas forma um soberbo conjunto de cidadãos e a população de uma magnífica capital de departamento.

Entrementes, sentado na alta banqueta que dominava o bilhar, o senador Laprat-Teulet afagava as longas barbas brancas. Tinha a majestade de um rio caudaloso.

– Eu por mim – disse ele – não posso crer senão no bem. Para onde quer que me volte, vejo a virtude e a honestidade. Tenho podido constatar por numerosos exemplos que os costumes das mulheres francesas nada deixam a desejar, desde a Revolução, principalmente na classe média.

– Eu não sou tão otimista – replicou o senhor de Terremondre –, mas certamente nunca haveria de supor que por detrás daquelas paredes decrépitas e das cortinas de teias de aranha daquelas janelas de cruz a casa da rainha Margarida abrigasse tão vergonhosos mistérios. Fui várias vezes ver a viúva Houssieu; pareceu-me uma velha avarenta e desconfiada, um pouco maluca, mas igual a tantas outras. Enfim, como se dizia no tempo da rainha Margarida:

Elle est sous lame.
*Dieu ait son âme!**

Ela não mais ultrajará, com sua depravação, o escudo do nobre Philippe Tricouillard.

À menção desse nome, sorrisos de satisfação fulguraram nas fisionomias iluminadas. Era a delícia secreta e o eterno orgulho da cidade aquele escudo simbólico, testemunho da tríplice virtude e potência que equiparava aquele ancestral burguês ao grande *condottiere* de Bérgamo. Os habitantes de... o veneravam, a esse vigoroso ancestral, contemporâneo do rei das *Cem novas novelas*, seu antigo almotacel Philippe Tricouillard, que, para dizer a verdade,

*Ela jaz sob a lousa / Deus tenha sua alma.

não lhes era conhecido senão pela vantagem natural a que devia seu ilustre sobrenome.

A seqüência da conversação levou o doutor Fornerol a esclarecer que eram citados numerosos exemplos de tal anomalia, afirmando certos autores que por vezes aquela honorável monstruosidade se transmitia hereditariamente e se perpetuava em uma família. Lamentavelmente, a linhagem do bom Philippe se extinguira havia mais de duzentos anos.

A esse propósito, o senhor de Terremondre, que era presidente da Sociedade da Arqueologia, narrou uma história verídica:

– Nosso arquivista departamental – disse ele –, o ilustre senhor Mazure, descobriu recentemente no sótão da prefeitura documentos referentes a um processo de adultério, movido, na mesma época em que florescia Philippe Tricouillard, em fins do século XV, por Jehan Tabouret contra Sidoine Cloche, sua mulher, pelo fato de que, tendo a dita Sidoine dado à luz três filhos de uma mesma barrigada, o senhor Jehan Tabouret não reconhecia como seus mais que dois, sustentando ser o outro obra de terceiros, e declarando-se ele próprio, por constituição, incapaz de fazer mais de dois de cada vez. E para isso apresentava uma razão, fundada num erro então comum às parteiras, aos cirurgiões-barbeiros e aos boticários, que acreditavam não ser a conformação normal de um homem apta a engendrar mais de dois gêmeos, devendo por conseguinte ser negada a paternidade de tudo quanto excedesse o número de rebentos que fosse capaz de produzir o pai. Com base nesse argumento, a pobre Sidoine foi declarada pelo juiz culpada de devassidão e, em decorrência disso, foi colocada nua sobre um asno, voltada para a garupa, e assim conduzida pela cidade até o charco em Evés, onde foi mergulhada por três vezes. Castigo que ela não teria sofrido se o seu malvado marido tivesse sido tão generosamente dotado pela mãe natureza como fora o bravo Philippe Tricouillard.

17

Junto à porta travessa de Rondonneau, o prefeito olhou à direita e à esquerda para certificar-se de não estar sendo observado. Soubera que corria na cidade o boato de que ele tinha encontros galantes no estabelecimento do ourives, e que madame Lacarelle fora vista entrando depois dele na casa, a que chamavam a casa dos Dois Sátiros. Aquilo o deixava ressentido. E ele tinha mais um motivo de descontentamento. O *Le Libéral*, que por muito tempo o havia poupado, agora o atacava desabridamente a propósito do orçamento departamental. A folha conservadora o acusava de haver praticado concussões e maquiado despesas de propaganda eleitoral. O prefeito Worms-Clavelin era de uma probidade ilibada. O dinheiro lhe inspirava respeito, tanto quanto amor. Ante os "valores", ele experimentava esse sentimento de terror religioso que a lua provoca nos cães. Tinha a religião da riqueza.

Seu orçamento era muito honestamente equilibrado. E, afora as irregularidades tornadas regulares por efeito de uma má administração comum a toda a República, nada de condenável se poderia descobrir. O senhor Worms-Clavelin sabia disso. Sentia-se forte em sua integridade. Mas as polêmicas da imprensa o impacientavam. A animosidade dos seus adversários e o rancor dos partidos que ele acreditava ter desarmado entristeciam-lhe a alma. Sofria por não haver conquistado, depois de tantos sacrifícios, a estima dos conservadores, a que intimamente ele dava mais valor do que ao favor dos republicanos. Seria preciso sugerir ao *Phare* respostas hábeis e enérgicas, conduzir uma polêmica veemente e talvez prolongada. Essa idéia perturbava sua profunda preguiça mental e alarmava sua prudência, que temia qualquer ação como a uma fonte de perigos.

Ele estava, portanto, de muito mau humor. E foi em tom seco que, deixando-se cair na velha poltrona de couro, perguntou a Rondonneau Júnior se o senhor Guitrel tinha chegado. O senhor Guitrel não chegara ainda. E o senhor Worms-Clavelin, puxando bruscamente um jornal de sobre a escrivaninha do ourives, tentou ler enquanto fumava um charuto. Mas nem as idéias políticas nem a fumaça do tabaco podiam apagar as imagens sombrias acumuladas em seu espírito. Ele lia com os olhos e pensava nos ataques do *Libéral*. "Concussões! Não há cinqüenta pessoas na cidade que saibam o que vem a ser concussão. Mas daqui eu posso ver todos os imbecis do departamento balançando a cabeça e repetindo com gravidade a frase do jornal: Lamentamos observar que o senhor prefeito não abandonou a prática detestável e condenável das concussões.'" Ele refletia. A cinza do charuto lhe caía copiosamente sobre o colete. Refletia: "Por que me ataca o *Libéral*? Eu favoreci seu candidato. O meu departamento é o que conta o maior número de filiados nos cargos eletivos." Virou a página do jornal. Refletia: "Eu não mascarei nenhum déficit. As verbas votadas na abertura dos créditos não foram gastas de maneira diferente da prevista. Esses sujeitos não sabem ler um orçamento. E estão de má-fé." Encolheu os ombros; e, taciturno, indiferente à cinza do charuto que lhe cobria o peito e as coxas, mergulhou na leitura do jornal.

Seus olhos deram com estas linhas:

> Estamos informados de que, tendo-se declarado um incêndio em um subúrbio de Tobolsk, sessenta casas de madeira foram presas das chamas. Mais de cem famílias se encontram, em conseqüência do sinistro, sem pão e sem abrigo.

Ao ler isso, o prefeito Worms-Clavelin deixou escapar uma exclamação profunda, algo como um grunhido triunfal, e desferindo um pontapé na mesa do joalheiro falou:

– Rondonneau, diga-me: Tobolsk é uma cidade russa, não é?

Erguendo para o prefeito a fisionomia inocente e lisa, Rondonneau respondeu que, com efeito, Tobolsk era uma cidade da Rússia asiática.

– Pois muito bem! – bradou o prefeito Worms-Clavelin. – Nós vamos dar uma festa em benefício das vítimas de Tobolsk.

E acrescentou entre os dentes:

– Vou impingir-lhes uma festa russa. Terei paz durante seis semanas, e não se falará mais de concussões.

Nesse momento, o abade Guitrel, com o olhar inquieto, o chapéu debaixo do braço, entrou na loja do ourives.

– Sabia, senhor abade – disse-lhe o prefeito –, que, atendendo a solicitações gerais, estou autorizando festas em benefício das vítimas do incêndio de Tobolsk, concerto, representação de gala, bazar de caridade etc.? Espero que a Igreja se associe a esses festejos filantrópicos.

– A Igreja, senhor prefeito – respondeu o abade Guitrel – , tem as mãos cheias de consolações para os aflitos que vêm a ela. E sem dúvida as preces...

– A propósito, meu caro abade, seus negócios não vão nada bem. Acabo de chegar de Paris. Estive com amigos que tenho nos gabinetes dos Cultos. E trago más notícias. Para começar, os senhores são 18.

– Dezoito?

– Dezoito candidatos ao bispado de Tourcoing. Na primeira linha está o abade Olivet, vigário de uma das mais ricas paróquias de Paris, candidato da presidência. Em seguida vem o abade Lavardin, vigário-geral em Grenoble. Este é ostensivamente apoiado pelo núncio.

– Não tenho a honra de conhecer monsenhor Lavardin, mas não creio que ele seja o candidato da nunciatura. É possível que o núncio tenha o seu preferido. Mas, certamente, esse preferido permanecerá ignorado. A nunciatura não faz solicitações em favor dos seus protegidos. Ela faz com que eles se imponham.

– Ha, ha! Senhor abade, são astutos, os da nunciatura!

– Senhor prefeito, nem todos são eminentes por si mesmos; mas têm por si a tradição e a antiguidade, e sua conduta se conforma a regras seculares. É uma força, senhor prefeito, uma grande força.

– Sim, com certeza! Mas dizíamos que há o candidato da presidência e o candidato da nunciatura. Existe também o candidato do seu próprio arcebispo. Anunciou-se a princípio, e eu mesmo acreditava, que fosse o senhor... Engano, meu pobre amigo. O protegido de monsenhor Charlot, eu o desafio a adivinhar.

– Não me desafie, senhor prefeito, não me desafie. Eu apostaria que o candidato de Sua Eminência o cardeal-arcebispo é seu vigário-geral, monsenhor de Goulet.

– Como sabe disso? Eu não sabia.

– Senhor prefeito, o senhor não ignora que monsenhor Charlot teme lhe seja dado um coadjutor, e que esse receio lhe assombra a velhice, de resto tão augusta e tão serena. Ele tem medo que monsenhor de Goulet atraia, por assim dizer, sobre si essa designação, tanto por seus méritos pessoais quanto pelo conhecimento que adquiriu dos negócios da diocese. Por outro lado, o senhor cardeal está tanto mais desejoso, e mesmo impaciente, de se separar do seu vigário-geral quanto monsenhor de Goulet pertence por nascimento à nobreza local e fulgura na redondeza com um brilho ante o qual monsenhor Charlot corre o risco de ser ofuscado. Ao passo que este, pelo contrário, não se pode regozijar senão de ser o filho de um honesto artesão que, como São Paulo, exercia o ofício de tapeceiro!

– Como sabe, monsenhor Guitrel, fala-se também em monsenhor Lantaigne. Ele é o protegido da generala Cartier de Chalmot. E o general Cartier de Chalmot, embora clerical e reacionário, é muito considerado em Paris. Ele é tido como um dos mais hábeis e mais inteligentes dos nossos comandantes. Mesmo as suas opiniões, neste momento, mais o favorecem que o prejudicam. Com um Ministério de coalizão, os reacionários conseguem tudo que querem. Eles são necessários: são o fiel da balança. Depois, a aliança russa e a amizade do czar contribuíram para restituir à aristocracia e ao Exército da nação parte do seu antigo prestígio. Nós orientamos a República no sentido de uma certa distinção de espírito e de maneiras. Além do que, uma tendência geral para a autoridade e para a estabilidade vem-se firmando. Não creio, contudo, que monsenhor Lantaigne tenha grandes possibilidades. Para começar, dei a respeito dele informações as mais desfavoráveis. Apresentei-o, nas altas esferas, como um monarquista militante. Assinalei sua intransigência, seu caráter difícil. E do senhor, meu caro Guitrel, tracei um retrato simpático. Fiz ressaltar sua moderação, sua maleabilidade, sua visão política, seu respeito às instituições republicanas.

– Sou-lhe grato pela sua bondade, senhor prefeito. E o que lhe responderam?

– Quer mesmo saber? Pois bem! Responderam-me: "Nós conhecemos bem os candidatos como o seu monsenhor Guitrel. Uma vez nomeados, são piores que os outros. São os que mais zelo mostram contra nós. Isto se explica. Eles têm mais do que se desculpar no seu partido."

– É possível, senhor prefeito, que se tenha falado assim nas altas esferas?

– Oh, sim! E o meu interlocutor disse mais: "Não me agradam os candidatos ao episcopado que demonstram muito gosto pelas nossas instituições. Se me escutassem, escolheriam entre os outros. Que na ordem civil e política se prefiram os funcionários mais devotados, nada melhor. Mas não há padres devotados à República. Neste caso, a sabedoria é ainda lançar mão dos mais honestos."

E o prefeito, atirando a ponta mascada do charuto no meio do assoalho, concluiu com estas palavras:

– Como vê, meu pobre Guitrel, os seus negócios não vão bem.

Monsenhor Guitrel balbuciou:

– Não vejo, senhor prefeito, não percebo o que em tais declarações possa lhe causar essa impressão de... desencorajamento. Eu colheria nelas, em vez disso, um sentimento de... confiança...

O prefeito Worms-Clavelin acendeu outro charuto e disse, rindo:

– Quem sabe se eles não têm razão, nos gabinetes?... Mas fique tranqüilo, meu caro abade, eu não o abandonarei. Vejamos, quem temos a nosso favor?

Estendeu a mão esquerda, para contar nos dedos.

Os dois puxaram pela memória.

Encontraram um senador do departamento que começava a sair de dificuldades que lhe haviam criado os últimos escândalos, um general reformado, político, publicista e financista, o bispo de Ecbatane, bastante conhecido no mundo das artes, e Théophile Mayer, amigo de ministros.

– Ora, meu caro Guitrel! – exclamou o prefeito. – O senhor não tem por si senão a canalha!

O abade Guitrel suportava essas maneiras, mas elas o desgostavam. Fitou o prefeito com ar triste e comprimiu um contra o outro os lábios sinuosos. O senhor Worms-Clavelin, que não falara por mal, arrependeu-se da vivacidade das suas palavras e tratou de consolar o velho:

– Ora, vamos! Não são os piores patronos. Além do mais, minha mulher está do seu lado. E Noémi é muito capaz de fazer um bispo.

fim do volume 1

ATENDIMENTO AO LEITOR E VENDAS DIRETAS

Você pode adquirir os títulos da BestBolso através do Marketing Direto do Grupo Editorial Record.

- Telefone: (21) 2585-2002
  (de segunda a sexta-feira, das 8h30 às 18h)
- E-mail: mdireto@record.com.br
- Fax: (21) 2585-2010

Entre em contato conosco caso tenha alguma dúvida, precise de informações ou queira se cadastrar para receber nossos informativos de lançamentos e promoções.

Nossos sites:
www.edicoesbestbolso.com.br
www.record.com.br

EDIÇÕES
BestBolso

Este livro foi composto na tipologia Minion, em corpo 10,5/13, e impresso em papel off-set 63g/m² no Sistema Cameron da Divisão Gráfica da Distribuidora Record.